劣等眼の転生魔術
～虐げられた元勇者は未来の世界を余裕で生き抜く～
柑橘ゆすら
illustration
ミユキルリア

ユカリ
アベルたちのクラスメイト。
エリザの親友。
エリザ
『火の勇者』の子孫。
美味しい食べ物に目がない。

アベル
200年前の世界から転生した、
最強の瞳『琥珀眼』を持つ
天才魔術師。
テッド
アベルのことを師匠と慕う
ぼんぼん貴族。
リリス
かつてアベルに
命を救われた『魔王の娘』。

「正気か？　我々を敵に回すということは、
世界を敵に回すことになるのだぞ？」

「で、それがSo what?」
コツンッ。
指の先で刀身を叩いたその直後。
俺の掌から離れるようにして《無銘》は、
バラバラになって消えていくことになる。
《無銘》よ。さよならだ。
俺が不甲斐ないばかりに、こんな地下の中に長年、
閉じ込められてしまったことは詫びるとしよう。

「状況の説明は後だ。今すぐに、ここから脱出するぞ」
「非常事態、発生？」

むう。
二人には悪いが、今、俺は女性に対して失礼なことを
考えてしまっているような気がする。
こうして比較をしてみると、二人の体重差がハッキリと分かってしまうな。
ノエルは軽すぎるのが心配で、エリザは重すぎるのが心配なところである。
「ちょっ！
いきなり何するのよ⁉」

CONTENTS

The reincarnation
magician of
the inferior eyes.

ダッシュエックス文庫

劣等眼の転生魔術師5
～虐げられた元勇者は未来の世界を余裕で生き抜く～

柑橘ゆすら

プロローグ
PROLOGUE

故郷からの旅立ち

俺こと、アベルは二〇〇年前から転生してきた魔術師である。

以前に暮らしていた世界では、俺の琥珀色の目は差別の象徴だった。

そんな時代に辟易した俺は、理想の世界を求めて二〇〇年先の未来に転生した。

さて。転生後の生活は、概ね、平和だ。

ひょんなことから国内有数の魔術学校、アースリア魔術学園に通うことになった俺は、夏休みの期間を利用して、幼少期を過ごしたランゴバルト領に帰省していた。

窓の外から運ばれてくる牧草の香りが、心地好い。

ここ、ランゴバルト領は周囲を山々に囲まれた辺境の地である。

以前に滞在した時は、それなりに栄えた村だと思っていたのだが、王都での暮らしに慣れてしまうと、酷く閑散とした雰囲気に感じられてしまう。

だがしかし。

休暇期間中くらいは、こうして自然が豊かな土地で暮らすのも悪くないものである。

都会には都会の、田舎（いなか）には田舎の良さがあるのだろう。


「アベル様。やはり、ここにいらしたのですね」


書庫の中で、独り読書に興じていると知り合いの女に声をかけられる。

彼女の名前はリリス。

スラリとした体つきが特徴的な銀髪の美女である。

色々と事情があって俺は、二〇〇年前に命を救った『魔王の娘』であるリリスと同居生活を送るようになっていた。


「馬車の手配が終わりました。テッドくんが、今か今かと待っているようですよ」


何気なく窓の外に視線を移すと、馬車の前で一人の男が右往左往（うおうさおう）しているようだった。

やれやれ。

相変わらず落ち着きのないやつである。

早く学園に行きたくて、仕方がないと見える。

「分かった。今行こう」

仕方がない。
今ちょうど良いところだったのだが、この本の続きは馬車に乗ってからになりそうだな。

「あれ……？　アベル様……？　もしかして……？」

なんだ。この女。
俺の顔に何かついているのだろうか？
何を思ったのかリリスは、至近距離で俺の顔を見つめているようだった。

「背、伸びましたか？」
「んん……？」

リリスの口から飛び出してきたのは、俺にとって意外な指摘であった。
むう。
言われてみれば、たしかにリリスの顔がやけに近い位置に感じられるな。
少し前まで俺の視線は、ちょうどリリスの胸のあたりだったはずだ。
だが、今はどうだろう？
背伸びをしなくても、視線がピッタリと同じ位置にあるような気がする。

「少し、比べてみるか」
「はい♪」

せっかくの機会なので、背中を合わせて身長を比べてみる。
さて。
肝心の結果はというと、どうやら俺の身長はやはり伸びていたようであった。
基準となるリリスの身長は、一七〇センチに少し満たないくらい。
俺はというと、リリスとあまり変わらないほどに成長しているようだった。

「ふふふ。まだまだ。アベル様には負けるわけにはいきません」

「……お前は一体、何と戦っているんだ」

俺と比べて、身長が僅かに上回っていることがよほど嬉しかったのだろう。

リリスは得意気な表情で勝ち誇っているようであった。

果たして現時点での身長差にどれほどの意味があるというのだろうか。

このままいくと、リリスの身長を抜かすのも時間の問題だろう。

「うおおおお！　師匠！　何をやっているんですかー!?」

などというやり取りをしていると、外にいたはずの男が、ドタドタと足音を立てて書庫の中に入ってくる。

コイツの名前は、テッドという。

焦げた飴色の金髪と筋肉質な体つきが特徴的な男である。

ちなみに俺はテッドのことを弟子に取ったつもりはサラサラない。

幼少期にコイツと関わって以来、何の因果か、付き纏われるようになってしまったのだ。

「早く行きましょうよ！　運転手さんが待っていますよー！」

やれやれ。

出発の時刻まではまだ余裕があったはずだが、せっかちなやつである。

「さてはお前、学校が楽しみで仕方がないのだな？」

試しに質問を投げてみると、テッドは満面の笑みを零していた。

「当然です！　早く学校の皆と会いたいッス！　師匠は違うんスか⁉」

「…………」

テッドに尋ねられて、少しの間、自問自答してみる。

果たして、俺自身はどう思っているのだろうか。

「……まあ、強く否定する気にはなれないかな」


入学した当初は、俺にとって学園生活は面倒で仕方がないものであった。

くだらない授業。レベルの低い生徒たち。

それらに束縛（そくばく）される日々を間違いなく疎（うと）ましく思っていた。

だが、今はどうだろう？

知らない間に身長が伸びていたように、俺の心境も少しずつ変化していたのだろう。

今は学校に行くことを億劫（おっくう）に思う気持ちはあまりない。

どちらかというと、久しぶりに知人たちと再会できることを好意的に捉えていた。


「九月に入ったら早々に修学旅行があるらしいッスよ！　今から、楽しみで仕方がないッス！」

「修学旅行？　なんだ、それは？」

「えええええ⁉　師匠！　知らなかったんスか！　学園最大のイベントッスよ⁉」

「知らん」

馬が嘶き、馬車が行く。

こうして俺たちの夏休みは終わり、新学期を迎えることになるのだった。

第一話

EPISODE 001

進路志望調査

The reincarnation magician of the inferior eyes.

でだ。季節は残暑が照り付ける九月の初旬(しょじゅん)。

ランゴバルト領から、馬車を走らせて、俺たちがやってきたのは王都ミッドガルドであった。

「おはよう。諸君。キミたちに会うのは実に二カ月振りとなるな」

夏休みが明けて、最初の授業。

教室の中に入ると、懐かしい顔ぶれがそこにあった。

「休みの気分が残っているなら、今直ぐに捨ててほしい！　本日から改めて、キミたちのことをビシビシと指導していくつもりだ。覚悟をしておくように」

メガネのレンズをキラリと光らせて俺たちに激励の言葉を投げる女の名前は、フェディーアという。

筋トレが趣味の女教師である。

フェディーアは、俺たち一学年の学年主任を務めていた。


「え〜。そうはいってもなぁ」

「ヤ、ヤル気が出ない……」


フェディーアの言葉を受けた生徒たちは、口々に弱音を吐いているようであった。

これだから軟弱な現代魔術師は……。

と、言いたいところではあるが、今回ばかりは、まあ、気持ちが理解できなくもない。

アースリア魔術学園の夏季休暇は長い。

俺たちは、実に二カ月近くも実家に帰って休息期間を摂っていたわけだからな。

新学期が始まったからといって、直ぐに頭を切り替えられる生徒はそう多くはないのだろう。

「ふふふ。キミたちのそういう反応はお見通しだ。新学期の、最初の課題だ。今から配るプリントに目を通してほしい」

そう言ってフェディーアが俺たち生徒に配ったのは、何やら空欄（くうらん）の多いアンケート用紙のようなものであった。

なんだ。この、紙は。

進路志望調査書、と書いているようだが。

少なくとも俺のいた二〇〇年前の世界では、聞いたことのない言葉であった。

「進路志望調査、ッスか。いよいよという感じですね……」

隣にいたテッドが、意味深な表情で呟（つぶや）いた。

ふむ。

見たところによると、この進路志望調査書というのは、学生たちの将来の希望就職先についてのアンケートらしいな。

「モチベーションが上がらない時は、初心に返るのが一番だ。我が校の門を叩いたからには、諸君らにも何かしらの目標があるのだろう！　恥ずかしがることはない。諸君らの、忌憚のない想いを聞かせてほしい」

むう。

なかなかに難しい注文をつけてくれるのだな。

この時代に転生してからの俺の目標は『平穏な日常生活を送ること』に過ぎない。

少し、記憶の整理をしてみるか。

その時、俺は学園に入学した当初の目的を思い出していた。

『アベル様は将来、魔術に関する仕事に就くつもりなのですよね？　ならば今のこの平和な時代では、学園を出なければ話にならないのです。ご理解いただけましたでしょうか？』

『それとも、アベル様はこのままワタシのヒモとして生きていくつもりなのですか？』

俺の脳裏に過ったのは、冷ややかな目線を向けるリリスの姿であった。

そういえば学園に通うことになった理由も、いつまでもリリスに養われる生活を続けるわけにはいかない、という消極的なものだったな。

「希望する職種は、諸君らの二年生時のクラス編成にも関わってくる。今の内から真剣に考えておくように」

学園に入学してからというもの、思いがけず慌ただしい日々が続いていたからな。

魔術に関連した職業に就く、ということまで考えていたのだが、それ以上のことに関してはノープランであった。

夢、か。

そろそろ将来の展望についても具体的に考えていくべきなのかもしれないな。

〜〜〜〜〜〜〜〜〜〜〜〜〜〜〜〜

授業が終わり、放課後となった。

俺は日課である読書に興じるべく、古代魔術研究会の部室である『秘密図書館』を訪れていた。

「アベル……！」


俺が図書室に到着をすると、中で待機をしていた少女が足音を弾ませて駆け寄ってくる。

その少女、ノエルは『氷の女王』と呼ばれる学園屈指の秀才であり、この古代魔術研究会の設立者であった。

ノエルと再会するのは、夏合宿以来である。


「久しぶり。会いたかった……！」


やれやれ。

この様子、まるで人懐っこい子犬だな。

一カ月振りの再会を果たしたノエルは、尻尾を振った子犬のように上機嫌な表情を見せていた。


「これ、アベルに読んでもらいたくて、集めてきたの」

「………！」

そう言ってノエルが鞄の中から取り出したのは、何冊かの魔導書であった。

発行年月日を調べてみる。

ふむ。

どうやらこれらの本は、いずれも今から一〇〇〇年以上も前に書かれたもののようだな。

曰く。

今から一〇〇〇年前に《大災厄》により、焚書が起こり、古い時代に書かれた魔導書は、大半が焼失しているらしい。

見たところ、この魔導書は、現代においては貴重な品々のようだな。

少なくとも、俺が街の古書店を見て回った時は、見つけられなかったものである。

「随分と貴重な書物のようだが、どこで手に入れたものなんだ？」

「ん。ワタシの実家、魔導書店と古い付き合いがあるから。パパに頼んで、仕入れてもらったの」

なるほど。

ノエルの祖先、デイトナは、魔王討伐の功績によって貴族の地位を得ていたが、元々は商人の家系だったからな。

魔導書に関して特別な流通ルートを押さえているのだろう。

「ワタシの夢は、古代魔術の研究者だから。沢山勉強して、アベルみたいになりたいの」

「そうか」

殊勝な心掛けである。

夢、か。

ノエルの夢は古代魔術の研究者、だったのだな。

もしかすると他の連中も同じように、何か将来の進路について計画を立てているのだろうか。

今度会った時に聞いてみることにしようかな。

「師匠――！　見てくださいよ！　コレ！　一日5食限定の、ＤＸイチゴパフェサンドをゲットしたッスよ！」

などということを考えていた矢先、ちょうど良いところにちょうど良い人物が現れる。

ＤＸイチゴパフェサンド、なるものの存在が気になるところではあるが、これに関して掘り下げていくのはやめておく。

そんな奇妙なものを好き好んで食べるのは、テッドくらいのものだろうからな。

「うーむ。夢ですか。そうッスね～。自分の場合は、ランゴバルト領の領主になることッスかね」

「？　そうだったのか？　それは初耳だったな」

テッドとは幼い頃からの付き合いになるが、この男に領主としての適性があるかは、甚だ疑問である。

俺もあまり詳しくはないのだが、領主としての仕事は、どちらかというと頭脳労働に分類されることになるだろう。

この男はとにかく考えるのが苦手なのだ。

「いやー。実を言うと、帰省した時、両親からもの凄く説得されて……。今、どうしようか迷っているところッス」

「……なるほど。そういう事情があったのか」

たしかに、今のボンボン貴族兄（バース）の状態を考えると、テッドを跡取りにする以外に選択肢（し）はなさそうだ。

俺も現地にいたので知っているのだが、夏休みの期間中、バースは故郷に姿を見せていなかった。

まったく、何処（どこ）で何をしているのやら。

何かと曰（いわ）く付きの反魔術組織、ＡＭＯに所属するようになってからというものバースの様子は豹変（ひょうへん）してしまったのである。

「アベルー！　見て見てー！　コレ、一日5食限定のＤＸイチゴパフェサンドを買えたのよ！」

テッドに続いて、俺たちの前に姿を現した少女の名前はエリザである。

火の勇者マリアの血を受け継いでいるエリザは、入学試験の時から、何かと縁のある女であった。

むう。

テッドだけかと思っていたのだが、ここにも悪食がいたようだ。

せっかくの機会なので、エリザにも将来の目標について聞いてみることにする。

「うーん。夢、というほど大層なものではないけれど。学校を卒業したらアタシは、魔術結社に就職するつもりよ！」


魔術結社か。

そう言えば聞いたことがある。

二〇〇年前に存在した魔術結社というと、腕に覚えのある魔術師を集めた《傭兵部隊》のような立ち位置であったが、現代の魔術結社は色々と勝手が違っているようだ。

魔術を用いたソリューション事業、魔道具開発による工業事業、高濃度のエネルギーを秘めた魔石を利用したインフラ事業などなど。

様々な事業を営んでおり、この国の経済を支えているらしい。

「その中でも、強いて言うなら……。魔術結社クロノス。国内最高峰の魔術結社に入って、キャリアを築くことが野望の一つかしら」


ふむ。クロノスか。

何処かで聞いたことのある名前だな。

具体的に言うと、以前に『とある人物』の計略により、クロノス所属の魔術師と手合わせする機会があった。

たしかにクロノスの魔術師たちは、現代魔術師としてはそれなりに戦える方であった。

エリザにとっては、良い目標となるかもしれない。


「うわっ……。ク、クロノスって……。エリザさん、大きくでましたね……」

「そう？　目標は大きいに越したことないでしょ？」

「クロノスというと、入社倍率五〇〇〇倍の超名門ッスよ！　聞くところによると、十代のうちに家が建って、二十代になると墓が建つらしいですよ……。入るのも、入ってからも超大変ッス！」

なんだ、その奇妙な噂は。

どうしてそのような不穏な噂が立つ組織が、学生たちの進路として人気なのか甚だ疑問である。

「やっぱり、老後の安定性を考えたら、王都の騎士団が最善の選択ッスよ！」

「ダメダメ。自分をぬるま湯に置いたら。競争の中に身を投じてこそ、人は成長できるのよ！民間の方が良いに決まっているわ！」

やはり、俺以外の人間は、自分の将来についてそれなりに考えていたのだな。

別に今更、周囲に合わせる必要性はないのだが、リリスにヒモ扱いをされないためにも進路のことを考えた方が良さそうである。

「…………!?」

異変を感じたのは、俺がそんなことを考えていた直後のことである。

何やら不穏な気配が俺たちの方に近づいてくるのが分かった。

ふむ。

相変わらずにネットリとした気味の悪い魔力だ。

生憎と俺は、この魔力の持ち主を知っている。


「盗み聞きとは感心しませんね。エマーソン先生」

それとなく俺が指摘すると、問題の男は本棚の陰から姿を見せることになる。

「ふふふ。流石はアベルくん。気付いていたんだね」


クシャクシャに寝癖が付いた髪の毛を掻きながらも、その男は苦い笑みを浮かべていた。

この男、エマーソンは、色々な意味で油断のならない存在である。

何を隠そうエマーソンは、以前に監視用の魔道具を開発しては、俺の周囲を嗅ぎ回っていたことがあるからな。

過去にクロノス所属の魔術師たちをけしかけてきたり、テストの問題の難易度を不当に吊り上げたりと、その迷惑行為は数え切れない。

「なんの用。エマーソン。用がないなら、今直ぐに帰って」

「ノエルちゃんまで……。そんな目で見ないでおくれよ。傷つくなぁ。これでもボクは、この研究会の顧問なんだよ？」

どうやらエマーソンは、ノエルにまで不審者扱いを受けているらしいな。

残念ながら、普段の行いを鑑みると当然の結果と言えよう。

「用というのは他でもないよ。何やら楽しそうな話をしているのが聞こえたからね。ボクも混ぜてほしいと思っていたんだよ」

「「…………」」

エマーソンの気味の悪い言葉を受けたテッド＆エリザは、途端に無口になっているようであった。

普段、饒舌なこの二人を黙らせてしまうとは、流石の貫禄である。

「時にアベルくん。キミは進路について考えているのかな？」

「……特に何も。目下（もっか）、検討（けんとう）中と言ったところかな」

正直に思いの丈（たけ）を伝えてやると、エマーソンは薄気味の悪い笑みを浮かべる。

「ふふふ。それは良かった。どうだろう。アベルくん。魔術結社クロノスの末席として、名を連ねてみる気はないかな？」

「「「…………!?」」」


　俺の思い過ごしだろうか。

　エマーソンの台詞（せりふ）を受けた途端、周囲の空気が変わったような気がした。

「えええええ!?　そ、そんなのアリなんスか!?　自分たちまだ一年生なんスけど！」

「そ、そうですよ！　クロノスに所属するためには、厳しい入社試験があるんじゃないんですか!?」

テッド&エリザの疑問を受けたエマーソンは、呆れた様子で肩をすくめていた。

「……キミたち、何か勘違いをしていないかい？　いつの世も、有能な人材は、激しい争奪戦さ。事実、クロノスに所属する人間の大半は、学生の内から、推薦で内定を勝ち取っているんだよ。アベルくんほどの学生の進路が決まっていないのは、ハッキリ言って異常事態。社会にとっての大きな損失ともいえるよ」

「…………」

最初から分かっていたことであるが、この時代の魔術結社は二〇〇年前の時代とは色々と勝手が違っているらしい。

俺のいた二〇〇年前の時代の魔術結社というと、様々な問題を抱える訳アリ魔術師たちの受け皿となっていたのだが……。

こうも大っぴらに勧誘を受けるとは、随分と時代は変わったようである。

さてさて。

どうしたものか。

早くも就職先の選択肢が見つかったのは良かったのだが、いまひとつ気乗りしない。

過去の行いから考えても、この男は信用できない。

可能な限り、エマーソンに恩を着せられるような真似は、避けておきたいところである。

「まあ、即答できないのは仕方がないさ。最初は見学だけでも大丈夫だよ。ちなみにコレ、ボクの名刺」

そう言ってエマーソンが俺に渡したのは、長方形に切り取られた小さなカードであった。

ふむ。この名刺、単なる紙切れではないようだ。

それなりに手間のかかりそうな刻印魔術が施されている。

おそらく特定の条件下において、セキュリティーカードのような役割を果たすものなのだろう。

「受付で渡せば自由に社内を見学できるから。一度、友達と一緒に来ると良いよ」

「…………」

流れで受け取ってはみたものの、この名刺を使用する機会が訪れることはないだろうな。

前世でも、魔術結社に所属していた頃の記憶は、苦い思い出ばかりなのだ。
今更、組織に飼われるような人生を歩みたいとは思えない。
自分の将来については、やはり、自分の手で切り開いていくしかないだろう。

「ねえ。アベル……。その名刺……！」
「友達も見学しても良いって……!?」

などと思っていたのだが、人生とはかくもままならないものである。
二人が興味を示してしまった以上、俺だけが不参加というわけにはいかなそうだな。

第二話

EPISODE 002

機械仕掛けの時計塔（クロックタワー）

The reincarnation magician of the inferior eyes.

「す、凄（すご）い……！　これがクロノスの本部なんだ……！」

それから週末のこと。
ひょんなことから俺は、エマーソンから受け取った名刺を頼りにクロノスの本部にまで足を運んでいた。
王都の中でも、大きな工業地帯を有する東区画は、学生の俺たちにとって馴染（なじ）みの薄いエリアであった。

「大きい、時計台……」

天高く聳（そび）え立つ時計台を前にして、エリザ＆ノエルは感激しているようであった。

やれやれ。

エリザはともかくとして、ノエルまで見学に興味を示したのは予想外であったな。

「アベル……。今日は招待してくれて、ありがとう」

「ワタシも。アベルとこうしてお出かけできて嬉しい」

二人が喜んでくれるなら、何よりというものである。

俺から言わせると、貴重な休日を費やしてまで、見学に訪れたい二人の気持ちはよく分からない部分もあるのだが……。

この時代の人間にとって、クロノスという組織のブランド力は、俺が思っていた以上のものなのかもしれない。

「気にすることはないぞ。礼なら、あのメガネに言ってくれ」

今にして思うと『友達を連れてきても良い』というエマーソンの誘い文句は、奴なりの計略だったのかもしれないな。

周囲の人間を巻き込んだ方が、俺が見学に来る可能性が高いと踏んでのことなのだろう。

まったくもって、食えない男である。

「ところで、この建物、入口がないみたいだけど……。どうやって入るのかしら?」

クロノスの本部である《機械仕掛けの時計塔(クロックタワー)》は、周囲の建物とは一線を画(かく)する歪(いびつ)なデザインをしていた。

外気に晒(さら)されている、剝(む)き出し状態のゼンマイがカチカチと音を立てて、秒針を動かしている。

何も事情を知らない人間からしたら、単なる風変わりな時計台にしか見えないだろう。

「もしかしてエリザ、気付いてない?　入口なら直ぐそこにある」

ノエルの言う通り、入口なら俺たちの目の前に存在しているのだ。

ただ、この建物は、かなり意地の悪い造りになっているようだな。

魔術に疎(うと)い人間であれば、いつまで経っても入口を見つけだすことができないだろう。

「さて。それでは、さっそく行ってみるか」

「エリザ。早く、早く」

「?.?.?」

エリザは未だに気付いていないのか、ポツンとその場に立ち尽くしているようだ。

俺とノエルは迷いなく、時計台の傍に近づいていく。

エリザとノエル。

現時点で二人の実力は拮抗しているのだが、周囲の様子を窺う観察力は、ノエルの方に軍配が上がっているようだな。

「え……!?　か、壁を……!?　すり抜けて……!?」

ふむ。ようやくエリザも仕掛けに気付いたか。

どうやらこの時計台は、警備システムの一環として《視覚誤認》の魔術が用いられているようだ。

毎日、毎時間、入口はランダムに変化するようにプログラムされており、部外者を弾くような造りになっている。

この程度の魔術すらも見抜けないようでは、入場の資格はない。

今にもそんな台詞が聞こえてきそうな意地の悪い建物である。

さて。

隠し扉の先にあったのは、地下に続く螺旋状の階段であった。

この建物、随分と地下深くまで造られているようだな。

《機械仕掛けの時計塔》の全容は、俺が思っていた以上に巨大なものかもしれない。

暫くグルグルと回る階段を下っていくと、やがては開けた空間に到着することになった。

「ヨウコソ――。《機械仕掛けの時計塔》へ。本日は、ドノヨウナご用件デショウカ」

俺たちが地下の大部屋に足を踏み入れると、何やら無機質な声が耳に響く。

音のした方に視線を移すと、少しだけ驚くような光景がそこにあった。

「これは……魔導人形……!?」

受付カウンターに座っているのは、人間、ではなく、ゼンマイ仕掛けの人形であった。

ふむ。

これは興味深い魔道具だな。

さしずめ以前に遊技場（ゲームセンター）で遭遇（そうぐう）した喋（しゃべ）る骸骨（がいこつ）の進化版、といったところだろうか。

これほど精巧に作られた魔道具は、俺のいた二〇〇年前の時代でも見当たらなかった。


「知人の紹介で来たのですが……」

そこで俺がポケットから取り出したのは、以前にエマーソンから受け取った名刺であった。

「ビービー。データ認証中――」


目玉から光を照らした魔導人形は、俺の手にした名刺の解析を開始したようだ。

なるほど。

この名刺に入れられた刻印（エンチャント）は、魔導人形と連動するように作られていたのか。

道理で、単独では意図の読み取りにくいものだと思っていたのだ。

「アベル様、ですね。よくぞおいで下さいました。ドクター、エマーソンより話は伺って(うかが)おります。７番の扉から入場をお願いします」

受付の人形がそう告げると、扉のうち『Ⅶ』という文字が書かれた扉が開く。

ふむ。

どうやらこのフロアーは、１番から12番までの入口が時計をモチーフにした位置に作られているらしいな。

単なる時計台と思って、侮って(あなど)はならない。

この地下の広がる空間は、想像以上に複雑で、迷路のように入り組んでいるようだった。

さて。

受付に案内されるがまま、『Ⅶ』の扉を選んだのは良かったのだが、ここからまだ暫くの間は歩く必要があるようだ。

今のところは、何処(どこ)までも、代わり映えのしない単調な景色が続いている。

「ねえ。アベル。本当にこっちの道で大丈夫なのかしら？」

「…………」

隣を歩くエリザが不安そうな面持ち（おももち）で尋ねてくる。

エリザが恐れを抱くのも無理はない。

この建物を取り巻く気配は、全体的に不穏なものがある。

俺たち以外の『生きた人間』の姿はなく、通路を行き来しているのは、一切の感情がない魔導人形だけであった。

何処（どこ）からともなくカチカチと聞こえてくる歯車の回る音だけが、地下の空間に響いていた。

「ああ。道に関しては間違いないと思うぞ」

果たしてこの先に進んでいくことが正解なのかは分からない。

だが、この道が指定されたコースから外れていないということだけは断言ができた。

「やあ。みんな。よく来たね」

何故ならば――。
俺たちの選んだ７番の扉の先にいたのは、この施設に招いた張本人（ちょうほんにん）、エマーソンの姿であったからだ。

～～～～～～～～～～～～～～～


それから。

７番の扉の先で待ち構えていたエマーソンと合流した俺たちは、さっそく施設の見学に回ってみることにした。

エマーソンに紹介されて、入り組んだ地下の施設の中を歩く。

暫く先に進んでいくと、何やら巨大な施設が見えてくる。

「見てごらん。この辺りで作っている魔道具は、キミたちも見たことがあると思うよ」

「「おお～！」」

そう言ってエマーソンが指さした先にあったのは、ガラス越しに見える巨大な生産工場であった。

エリザ&ノエルはガラスに張り付くようにして夢中になって見つめていた。

「凄(すご)い……。魔導人形がこんなに沢山(たくさん)……!」

ノエルが驚くのも無理はない。

ベルトコンベヤーから流れてくる部品を手に取り、組み立てていたのは、通路ですれ違った時に見た無数の魔導人形たちであった。

そもそも魔道具の一種である魔導人形が、魔道具の製作作業に携(たずさ)わっている様子は、なかなかに奇妙な光景だった。

「どうして、こんなに魔導人形が?」

「魔導人形は優秀だよ。人間と違って、感情で仕事をしないし。賃金を払わなくても、反乱(ストライキ)を起こしたりしない。最高に優秀な労働資源だ」

なるほど。

俺のいた二〇〇年前の時代も戦争によって失われた人的資源を補うべく、人体錬成の魔術開発が進められたこともあった。

現代では魔導人形の手により、足りない人材が賄われているということか。

たしかに、自ら意思を持たない魔導人形を酷使すれば、企業間の価格競争を優位に推し進めることができるだろう。

時代の変遷というのは、興味深いものである。

「手前で作っているのは、セドナ・マークⅡ。奥で作られているのは新作のレブロス2000でしょうか」

「おっ。キミ、なかなかに詳しいね～」

エリザの言葉を受けたエマーソンは、感心した様子で呟いた。

「はい。クロノス社の魔道具は有名ですから。ウチの学園でも愛用者が多いですよね。アタシの実家でも、幾つか同じものを使っていました」

なるほど。

ウチの生徒たちが使っている魔道具は、この工場で作られていたのか。

もちろん、この工場で全(すべ)てを賄っているわけではないだろうが、これほどの数ともなると相当な規模の量が世界中に流通していそうである。


「キミは、ええと、名前は……」

「エリザです」

「へえ。エリザちゃんは弊社(ウチ)に興味があるの？」

「はい。クロノス社に入ることは、小さい頃からの目標の一つでした」

「ふーん。なるほどねえ」

何やら意味深に呟いたエマーソンは、エリザの体を爪先(つまさき)から頭の上まで眺め回す。

「もちろん、アベルくんと比較をすると、ゴミのような才能だけど。キミは、あの学園の中ではそれなりにマシなゴミみたいだね。期待をしているよ」

「え……!?　あ。そ、そうですか……。ぜ、善処します……」

やれやれ。コミュニケーション下手かよ。コイツ。
この男の中では賛辞を贈っているつもりなのだろうが、まったく誉め言葉になっていない。
エマーソンの言葉を受けたエリザは、どういう反応をして良いか分からず、困惑しているようであった。

「どうかな。アベルくん。我が社の製品の感想は？」

正直に言うと、この世界に転生した直後から、気に入らなかった。
たしかに、魔道具は便利だ。
自ら魔術構文を構築しなくとも、魔道具にセットされている術式を発動すれば誰しもが容易に魔術を使うことができるだろう。

「……魔道具は、魔術師から考える頭を奪う。あまり好きにはなれないな」

便利だからこその弊害があるのだ。

道具に頼ることを覚えてしまった魔術師は、考えることを止めて、鍛錬を放棄する傾向にある。

魔道具の普及は、間違いなくこの世界の魔術師たちのレベルが総じて低くなってしまった理由の一つだろう。

「ふふふ。当たり前のことさ。魔道具は、そのために作られたものだからね」

「……どういうことだ？」

「商売というのは、よりレベルの低い人間に合わせて作っていく方がカネになるのさ。いつの時代も大衆が求めるのは、単純で、安価で、インスタントな商品ということだね」

「…………」

酷い言い方だが、エマーソンの言葉にも一理あるのかもしれない。

ゼロから魔術構文の構築を行う古式魔術は、鍛え上げれば様々な応用が利く一方で、習得するまで手間がかかるのだ。

残念ながら、大衆が求めたのは、手軽に扱える現代魔術の方だったということなのかもしれない。

「もちろん、ボクも好みではないけれど。マーケットのシェアを幅広く取るためには、こういったマス層向けの商品のウェイトが高いんだ。大量生産の利くエントリーモデルだからね。品質はそれなりだけど、ローコストで販売できるのが強みなんだよ」

それからエマーソンは、聞いてもいないのに自社の製品のことを得意気に語り始めた。

曰く。

クロノス社の製品は、その作業をエマーソンが開発をした魔導人形によって賄われている為、人件費が抑えられており、価格競争力に秀でているのだとか。

まったくもって、嘆かわしい。

この世界の技術者たちは、いつしか、魔道具の性能そのものではなく、廉価で生産する能力に注力するようになってしまったのだろう。

「あ。ちなみにだけど、弊社ではオーダーメイド品の注文も受け付けているよ。ボクのデザインした特製の魔道具は、十年先まで予約が埋まっているけどね。どうだろう。アベルくん。キミさえよければボクが特別に——」

「いらん」

「ふふふ。つれないなぁ。アベルくんは」

一体、何が悲しくてエマーソンの作った魔道具を受け取らなければならないのだろうか。

そうでなくとも、今回の見学でエマーソンには一つ貸しを作ってしまったのだ。

これ以上、この男の恩に着せられるのはご免である。


～～～～～～～～～～～～


「ここから先は無菌室だから。女子たちは、向こうにある除菌室で体を清めてきてくれるかな？」

それから。

暫く工場の見学を続けていると、エマーソンが唐突にそんな言葉を切り出した。

「えーっと。アタシたちはどうすれば？」

「詳しいことは、ここにいる魔導人形に聞くと良いよ。ナビゲートの指示に従っていれば大丈夫だから」

「わ、分かりました」

エマーソンが合図を送ると、近くにいた魔導人形が俺たちの方に歩み寄ってくる。

「さあ。アベルくんはこっちだよ」

むう。何やら、きな臭い展開になってきたな。

無菌室とはいうものの、この扉の奥から漂ってくるのは、無数の人間たちの気配である。

女子たちを切り離したのは、何か、他に理由があるような気がしてならないぞ。

だが、まあ、今更、引き返すのも気が引けるな。

この先に何があるのか、この男が何を考えているのか、真意を確かめてやることにするか。

周囲の雰囲気が変わったのは、俺が扉を開けた直後のことであった。

「随分と手荒い歓迎ですね。エマーソン先生」

やれやれ。
まさか俺一人のために、ここまで周到な準備をしてくれているとは思いも寄らなかった。
その数は優に三〇人を超えているだろう。
広間の上段に集まった怪しい黒装束の人間たちが俺たちのことを見下ろしていた。

「ああ。そうそう。アベルくんには説明をし忘れていたことがあったよ」

メガネのレンズを光らせながら、エマーソンは続ける。

「――クロノスには二つの顔があるんだ。世界的な魔道具メーカーとしての顔と、政府の依頼によって、要人の暗殺業務を受託する裏の顔がね」

いや、知っているが。
そんな得意顔で当然のことを言われても、反応に困るぞ。

俺としては、どちらかというとむしろ魔道具メーカーとしての表の顔の方が意外だったくらいである。

俺のいた二〇〇年前の時代は、魔術結社というと、訳アリの魔術師たちを集めた傭兵集団のことを指していたのだ。

時代が移り変わっても『元の業務』の需要が完全に途絶えたとは考えにくい。

おそらく魔道具の生産業務は、『裏の顔』を隠すためのカモフラージュとしての役割も担っているのだろうな。

「ここは《審判の間》。上の連中は、クロノス配下の精鋭さ。アベルくんの入社試験の手伝いをさせるために集めたんだよ」

笑えない冗談を言ってくれる。

そもそも俺は、クロノスとかいう怪しげな組織に入る気なんてサラサラないのだ。

勝手に話を進められても、迷惑なこと、この上ないぞ。

「ふふふ。分かるよ。気乗りしないんだよね？　だけど、コレを見ても同じことを言えるかな？」

意味深な言葉を呟いたエマーソンは、広間の中央に歩み寄り、謎の物体にかけられた布を取り払う。

次に俺の視界に入ってきたのは、仰々しい台座に刺さった一本の剣であった。

「驚いたかい？　この剣は、組織の設立者である魔術師が残した遺物さ」

「…………」

ふむ。たしかに驚いた。

これほど驚くのは、随分と久しぶりな気がするな。

何故ならば――。

紛れもなく、目の前にあったのは、二〇〇年前の時代に俺が使用していた愛剣だったからである。

「どうだい。驚いて声も出ないみたいだね。禍々しい魔力を放っているだろう？　この剣の名前は《審判の咎剣（ジャッジメント・ブレード）》。クロノスの入社試験は、伝統的にこの剣の前で行われることになっているんだよ」

いやいや。

何を勝手に大層な名前を付けてくれているんだ。お前たちは。

コイツの名前は《無銘（むめい）》。

二〇〇年に俺が所属していた魔術結社《宵闇の骸（カオス・レイド）》という組織から与えられたものである。

「この剣には強力な呪術がかけられていて、何人（なんぴと）たりとも触れることができないんだ。凄（すご）いだろう？　これほどの魔術の使い手が、過去に存在していたという事実に驚きを禁じ得ないね」

やれやれ。

その呪術をかけたのは俺自身、と言ったら果たしてコイツらは信じてくれるのだろうか？

もっとも、二〇〇年以上の時間が経過しており、効力が相当に弱まっているように見えるのだけどな。

「魔術結社の起源は、遡（さかのぼ）ること二〇〇年以上も過去のことだといわれている。当時は、凄腕の魔術師たちを集めた傭兵の派遣事業を生業（なりわい）としていたんだ。

　しかし、時代は移り変わり、直接的な戦闘の需要というものは減少していった。だから、魔術結社は事業を多角化。魔術を利用した経済活動を行うことで、勢力を伸ばしていったんだ」


　なるほど。

　優れた魔術師が集まる組織ならば、戦場を、傭兵の派遣稼業から経済活動に移しても、成功を収める可能性は非常に高いだろう。

　先程の、魔道具の生産工場も、時代のニーズに合わせて、変化していった結果と考えれば筋が通っている。


「最近の魔術結社は、経済活動ばかりに注力して、魔術師としての力量は二の次のところも多いけど。ウチはバリバリの武闘派さ。キミの肌にも合うと思うよ」


　しかし、驚いたな。

　これまでの話を総合するに、クロノスという組織は、二〇〇年前に俺が所属していた

《宵闇の骸（カオス・レイド）》が元となっているのは間違いがないみたいだ。

《宵闇の骸（カオス・レイド）》、か。


随分（ずいぶん）と懐かしい名前である。

間違いなく、当時の《宵闇の骸（カオス・レイド）》は、史上最強の魔術結社であった。

後に《灰の勇者》と呼ばれるカイン。

呪術と東国由来の魔術を得意とするアヤネ。

俺に魔術の指導をしてくれたグリム先輩。

などなど、今にして思い返すと、稀（まれ）に見る優秀な魔術師たちが揃（そろ）っていた。


『アベル……！　貴様……！　何故、ワタシを裏切った……!?』

その時、不意に俺の脳裏（のうり）に過（よぎ）ったのは、命を落とす間際の、苦痛で表情を歪（ゆが）めるグリム先輩の姿であった。

――俺は組織を裏切った。


別に、組織を裏切ったことを後悔するつもりはない。

あの時、組織を裏切ったことは、今でも正しい選択であったと思っている。

俺の裏切りにより、組織は内部崩壊。

その後は、時間の経過と共に自然消滅をしたと聞く。

まさか今の時代に《宵闇の骸》の後継となる組織が残っているとは、予想外であった。

振り返ってみると、この《無銘》も、グリム先輩との戦闘の際に紛失したものだったな。

「さて。アベルくん。ボクたち組織の素性は明かしたよ。ボクには分かる。キミは同族だからね。キミは今、この剣の謎を解き明かしたくてたまらないはずだ。そのためには、ボクらの仲間になるしかないんだよ！」


おいおい。

相変わらずに人の話を聞かない奴だな。この男は。

勝手に同族扱いされても困る。

たしかに俺は、未知の魔術に対しては、否応(いやおう)なしに興味と関心を寄せてしまうきらいがある。

そこに関しては素直に認めることにしよう。

だが、コイツは単に俺が処分し忘れてしまった名もなき剣である。

その為、俺にとって、研究の対象外。単なる私物でしかないのである。

「ふふふ。今度はキミが力を示す番だ。誰でも好きな相手を選ぶと良いよ。ここにいるのは飢(う)えた獣。誰を選んでも不足はないはずさ」

やれやれ。

この程度の相手で俺の力を試そうとは思い上がりも甚(はなは)だしいな。

肩を竦(すく)めた俺は、広間の中心に向けて、歩みを進めていくことにした。

「アベルくん……。一体何を……？」

俺は困惑するエマーソンを尻目に台座に刺さっている《無銘》に視線を移す。

《無銘》よ。

暫く見ない間に、お前も、すっかりと錆び付いたようだな。

面倒ではあるが、仕方があるまい。

長きに渡り、連れ添ってくれたよしみだ。

今日はコイツを看取ってやることにしよう。

俺が《無銘》を手にしたその直後。

部屋の中が異様な雰囲気に包まれていくのが分かった。


「バ、バカな……！　《審判の咎剣》を手に取っただと……!?」

「し、信じられねえ。何者だ……あのガキ……!?」


はあ。

人の武器を妙な名前で呼ぶのは止めてほしいのだけれどな。

コイツの名前は《無銘》。名前を持たない孤高の剣である。

「な、何故だ……！　《審判の咎剣》に触れたものは、骨まで溶かすほどの強烈な呪術を受ける……！　まともに扱えるのは、この剣の元々の持ち主だけのはず……！　どうしてアベルく

んは、無事でいられるんだ……！」

答えは簡単。俺がその保有者だからだ。
なんてことを説明しても、信じてもらえるような雰囲気ではなさそうだな。
この剣の持ち主は、とっくの昔に死に絶えているのだ。
現代に転生しているとは、ここにいる人間たちは夢にも思っていないだろう。

「いちいち相手を選ぶにも面倒だな。全員まとめてかかってこい」

上にいる連中が俺の実力を測る上で適任であるとは思えないが、そうだな。
暫く手入れをしていなかった《無銘》の試し斬りの相手としては、手頃な相手ではあるだろう。

第三話

EPISODE 003

世界の敵

The reincarnation magician of the inferior eyes.

「畜生（ちくしょう）！　舐（な）め腐りやがって！」

それから。

思いがけないタイミングで、予定していなかった戦闘は幕を開けることになった。

人の話を聞かない敵集団は、次々と俺に向かって襲い掛かってくる。

「なっ……！　消えた……！」

別に消えたわけではない。

少しだけ歩くスピードを上げて、背後に回り込んだだけである。

この程度の動きについてこられないようでは、現代魔術師のレベルの底が知れるというものである。

所詮は経済活動にばかり傾倒して、『本物の戦場』を見たことがない連中だ。束になったところで、大した脅威ではなさそうだな。


「おい！　誰か止めろ！」

「クソッ……！　このガキ……！　なんて動きしてやがる……！」


さて。敵の大まかな力量が分かってきたところで今度はこちらの反撃のターンである。

ふうむ。

いくら売られた喧嘩とはいっても、今は争いのない泰平の時代である。

流石に真剣で斬りつけるのは色々と問題があるような気がするな。

ここでは峰打ちを主体として、手心を加えてやることにしようか。


「ギャッ！」「ウガッ！」「ヒギッ！」

敵集団の悲痛な叫び声が地下に響く。

返り血によって《無銘》の黒色の刀身が朱色に染まっていく。

ふうむ。

久しく忘れていた感覚が蘇ってきたな。

こうしていると、否が応でも昔のことを思い出してしまう。

二〇〇年前、《宵闇の骸》に所属していた頃の俺は、組織の命により、数多くの罪なき人間の命を摘み取っていた。

殺しを生業にして、生活の糧としていたのだ。

自分の選んだ人生だ。

組織にいたことを後悔するつもりは、微塵もない。

ただ、唯一、心残りだったのは、一人の少年を、俺と同じ殺しの道に誘ってしまったことである。


『先輩……。アベル先輩……』

不意に俺の脳裏に過ったのは、組織に所属してから間もない頃に出会った、後に《灰の勇者》と呼ばれるカインの姿であった。

アイツは……。

カインは、幸せな余生を過ごすことができたのだろうか？

幾つかの偶然が重なりロイ、マリア、デイトナの子孫には既に出会っているのだが、カインの子孫にだけは、未だに出会ったことはない。

まあ、アイツは優れた魔術師であると同時に、人格面に『多少の難』があったからな。

子孫を残すパートナー探しには、相応に苦労したに違いない。

『この無能どもが！　いつも、いつも！　アベル先輩の足を引っ張りやがって！　少しも成長していないじゃないか！』

カインは底なしの怪物であった。

単純な才能だけで考えるならば、俺すらも凌駕している部分があったかもしれない。

誰よりも純粋でいて、ひたむきに努力ができるところは、カインの長所であり、短所でもあった。

どんなに鍛錬を積み重ねても一向に埋まらない、俺と他のパーティーメンバーの実力差に苛立ちを募らせていたのだろう。

十代の後半から、カインは、俺のことを狂信するようになり、パーティーの他メンバーたちとの衝突が絶えなかった。

さて。

そんな昔の記憶に思いを馳せているうちに戦闘は呆気なく終了したようだ。

三〇人いる敵集団のうち十五人ほど斬り伏せたところで、他の刺客たちは、すっかりと戦意を喪失しているようであった。

やれやれ。

急所は完全に外してやっているのだが、この時代の魔術師たちは臆病が過ぎるな。

相手が格上だと分かっていても、胸を借りるつもりで挑んでくる気概が欲しいものである。

「ブラボー！　いや、実にブラボー！」

男の声と同時に、乾いた拍手の音が、地下の広間の中に響き渡る。

ふうむ。

この男、現代に生きる魔術師としては『それなり』のようだな。

総合的な実力としては、隣にいるエマーソンを少し上回るくらいか。

つまりは今まで俺が出会ってきた現代魔術師としては、最強格となる人物である。

「失礼。自己紹介が遅れたね。ワタシの名は、イーロン。この、魔術結社クロノスの副隊長を務めるものだ」

副隊長ということは、この組織のナンバー2に当たる人物ということか。

イーロンと名乗る人物は、四十代半ばの、白髪の男であった。

男の左腕には、【Ⅱ】(ニ)の文字が入った腕章が通されている。

そう言えばエマーソンには、【Ⅶ】(ナナ)の文字が入った腕章が着けられているみたいだな。

この数字には何か意味があるのだろうか。

「キミの力は、エマから聞いている。驚いたよ。《審判の咎剣》(ジャジメント・ブレード)を扱いこなしたこともそうだが、まさか、こうもあっさり弊社(ウチ)の精鋭たちを退けるとはね」

エマ、とは、おそらく隣にいるエマーソンのことを指しているのだろう。

いけすかないこの男が、愛称で呼ばれているのを聞くのは新鮮な気分である。

「おめでとう！　アベルくん！　キミには弊社の幹部枠である【ナンバーズ】の席を空けて、特例の入社を認めようじゃないか！」

ふう。どいつもこいつも、人の話を聞かない連中ばかりで呆れたな。
今まで俺が、入社の意思を示したことが一度でもあっただろうか？
揃いも揃って、思い違いも甚だしい連中である。

「お断りします。ここにいると、嫌な思い出が蘇りそうなので」

今回の見学でハッキリした。
やはり俺が、この組織に入ることはあり得ないだろう。
一体、何が悲しくて、好き好んで、再び首輪を付けられた人生を送らなければならないのだろうか。

「……おいおい。キミ、何か勘違いしているんじゃないか？　悪いが、キミに拒否権は存在しないのだよ」

俺の思い過ごしだろうか。

ハッキリと意思を伝えてやると、広場の空気が悪くなっていくのが分かった。

「アベルくん。悪いことは言わない。ここは大人しく従った方がいい。クロノスは、既に国際的な組織だ。逆らうのは、賢い選択肢とはいえないな」

驕りが過ぎるな。この集団は。

自分たちが最強。世界の中心で回しているとでも考えているのだろうか？

たしかにこの組織は相対的にマシな人材を集めているようだが、あくまで現代の魔術師たちの中では、という注釈を入れざるを得ない。

俺のいた二〇〇年前の時代には、この程度の魔術師などゴロゴロと存在していたのだ。

「二度は言いません。これが俺の答えですよ」

「…………!?」

そこで俺が使用したのは、《耐久力低下》の魔術であった。

対象となるのは、当然、俺が手にしている長年の相棒である。

流石(さすが)は、クロノスの幹部メンバーといったところだろうか。

俺の魔術構文を目にして、何をしようとしたのか、瞬時に察したようである。


「正気か？　我々を敵に回すということは、世界を敵に回すことになるのだぞ？」

「So what（で、それが）？」


この剣は本来、この世界に存在してはならない、危険な代物(しろもの)なのだ。

コイツに施(ほどこ)した《呪術》は強力無比であり、力のない人間が触れれば、強烈な呪術を受けることになる。

現代の魔術師たちにコイツを使いこなせる人間がいるとは思えない。

この剣が現代に残っていると分かった以上、処分に動くのが持ち主としての最後の責務というやつだろう。

コツンッ。

指の先で刀身を叩いたその直後。

俺の掌から離れるようにして《無銘》は、バラバラになって消えていく。

《無銘》よ。さよならだ。

俺が不甲斐ないばかりに、こんな地下の中に長年、閉じ込められてしまったことは詫びるとしよう。


「ふふふ。やってくれたな。小僧……！」


俺の暴走に気付いたイーロンは、額に青筋を浮かべて怒りの感情を露わにしていた。

まあ、コイツらが怒るのも無理はない。

元々のこの剣の所有権は、俺にあったとはいえ、今はコイツらが管理する立場だと思っているらしいからな。

もっとも、俺から言わせれば、剣なんてものは実戦で使ってこその代物である。

地下の深くに閉じ込めて、管理している気になっているのは、可笑しな話だろう。

「ガキが……。舐めていると潰すぞ？　この《機械仕掛けの時計塔》から、逃れられると思うなよ！」


ふむ。

最初から気付いてはいたのだが、どうやらこの広間には、百人近い刺客が潜んでいたようだ。

たかだか、学生一人の試験をするのに用意周到なことである。


「残念だよ。アベルくん。キミにはお灸をすえてやる必要がありそうだね」


なるほど。エマーソンの入れ知恵か。

最初から俺一人の試験を行うためには、手が込み過ぎていると思っていたのである。

良いだろう。

目には目を歯には歯を、だ。

そちらが数に頼るのであれば、援軍の力を借りるだけである。

そう考えた俺は、事前に構築を考えていた魔術を発動した後、パチンと指を鳴らしてやることにした。
異変が起こったのは、その直後のことである。

ドタドタドタ！

突如として地鳴りが響き、俺たちのいる広間に頼りになる援軍たちが駆けつけてくる。

「「「侵入者発見！　侵入者発見！」」」
「な、なんなのだ！　これは!?」

クロノスの面々が呆気（あっけ）に取られるのも無理はない。
コイツらは、工場で黙々と作業をしていた魔導人形である。

「「「排除せよ！　排除せよ！」」」

気まぐれでシステムを解析したところ、コイツらの内部にはデフォルトで『侵入者の撃退機能』が備え付けられていることが判明した。

何が起こるか分からない、アジトの中だ。

俺は事前にハッキングを行って、いざという時に魔導人形たちを味方に付けられるよう細工(さいく)していたのである。

「エマ！　これは一体どういうことだ！　何故、人形たちが我々に牙を向ける！」

「……やられましたね。アベルくんの手により、どうやらボクの作ったプログラムは、既にクラッキングされているようです」

「な、なんだと……!?」

ふむ。

なんとなく、そうでないかと思っていたのだが、どうやら工場で働いている魔導人形たちを作ったのはエマーソンであったらしい。

いけすかない男ではあるが、次から次へと、新しい玩具(おもちゃ)を作り出すバイタリティーにだけは一定の敬意を表してやらないこともない。

「今すぐに迎撃の命令を……！　副隊長……！」
「待て……！　そんなことをすれば我が社は未曾有の大損害を被ることになる……！　上の方々に顔向けできん……！」

やれやれ。
この期に及んで、金勘定に気を取られるとは情けない限りである。
さしずめ経済社会に生きる現代魔術師たちの悲しい性、といったところだろうか。

「「「全軍、突撃！　突撃！」」」

電子音声を響かせた魔導人形の集団が、クロノスのメンバーに向かって進軍する。

「オ、オレたちは一体どうすれば良いのだ……!?」
「ひとまず、無力化だ！　氷の魔法を使って足止めをするぞ！」

俺にとっては物足りない部分は多かったものの、ここに集まった人間たちは、現代魔術師たちの中ではそれなりにマシな部類である。

まともに戦えば人形たちに後れを取るようなことはなかったのだろう。

だがしかし。

そこに相手を傷つけてはならないというルールが加われば話は別である。


「クソッ！　次から次へと、キリがないぞ……！」


こうなってしまえば多勢に無勢。

条件付きで、大量の魔導人形を止めることは、ここにいる魔術師たちの力では敵わなかったらしいな。

さて。

指揮官の命令によって、敵が混乱している今がチャンスである。

人形たちが作ってくれた時間を利用して、俺はゆるりと退散させてもらうことにしよう。


～～～～～～～～～～～～～～

それから。

無事に広間からの脱出を遂げた俺は、廊下で待機しているだろうエリザ＆ノエルと合流することにした。

「あ！　アベル！」

「遅かったじゃない。今まで何処に行っていたのよ!?」

おそらく今の今まで姿を消した俺のことを探していたのだろう。

思いのほか早く、二人との合流を果たすことができた。

「状況の説明は後だ。今すぐに、ここから脱出するぞ」

「え……！」「な……！」

二人がいる手前、奴らに追いつかれると面倒なことになるかもしれない。

そう判断した俺は二人の体を抱きかかえて、脱出を図ることにした。

「ちょっ！　いきなり何するのよ!?」

「非常事態、発生？」

むう。

二人には悪いが、今、俺は女性に対して失礼なことを考えてしまっているような気がする。

こうして比較をしてみると、二人の体重差がハッキリと分かってしまうな。

ノエルは軽すぎるのが心配で、エリザは重すぎるのが心配なところである。

「……ねえ。アベル。何か、楽しいことがあったの？」

暫(しばら)く二人を抱えて走っていると、ポツリとノエルがそんな言葉を口にする。

「どうしてそう思った？」

「アベルの顔。いつもと違うから」

「…………」

ふむ。

言われてみると、今の俺は心なしか晴れやかな気分になっているのかもしれない。

「たしかに今日のアベルは、いつになく上機嫌、って感じがするわ」

やれやれ。

俺としたことがノエルだけでなく、エリザにまで心情を見透かされることになるとは不覚である。

「そうか……。そうかもしれないな……」

組織に飼われていた頃の記憶は、俺にとって何かと苦い思い出ばかりなのだ。

過去の相棒であった《無銘》と別れられたことによって、過去の苦い記憶を清算できたような気がした。

そうだな。

今日は、ここに来られて本当に良かった。

普段は何かと面倒事ばかりを運んでくるエマーソンではあるが、今回ばかりは誘ってくれたことを感謝するとしよう。

第四話　事後報告

EPISODE 004

The reincarnation magician of the inferior eyes.

一方、時刻はアベルたちが無事に《機械仕掛けの時計塔(クロックタワー)》から脱出をしてから半日ほど先に進むことになった。

深夜0時00分。

《機械仕掛けの時計塔(クロックタワー)》全体に鐘の音が鳴った時、定例会議が始まった。

時計をモチーフにした円卓テーブルには、最強と称される十二人の魔術師が集結していた。

彼らは【ナンバーズ】と呼ばれる、クロノスが誇る最高ランクの魔術師たちであった。

数が若いものほど権力を与えられる【ナンバーズ】においては、毎年のように、序列が入れ替わり、内部では苛烈(かれつ)な争いが繰り広げられていた。

（ったく、隊長も人使いが荒いぜ。こんな深夜に人を集めなくても良いのによぉ）

そんな重要な会議に遅刻して到着する男が約一名。

疾風のバルドー。

極東の地にあるアメツチを発祥(はっしょう)とする《忍術》を得意とする人物だ。

組織の中でナンバー【V(ゴ)】の地位を与えられた実力者である。

ここ、【ナンバーズ】の中でも武闘派として知られているバルドーは、過去にアベルと戦った経験のある、数少ない現代魔術師であった。

「信じられません！　《審判の咎剣(ジャジメント・ブレード)》を破壊することなど、不可能です！」

会議室の前に到着すると、既に議論はヒートアップしているようだった。

「あの剣は規格外の代物です！　たかだか、学生にどうにかできるものではありませんから！」

甲高(かんだか)い声で異議を唱える少女の名前は、カナリアと言った。

二年前に幹部入りしたばかりの、十代後半のポニーテール少女であった。

彼女の座る座席は、円卓テーブルの【Ⅸ】の場所である。

誰よりも規律を重んじる彼女は、自由奔放な他メンバーとの衝突が絶えなかった。

《審判の咎剣》を破壊だと……？　おいおい。ソイツは穏やかな話ではないな）

幹部メンバーに臨時の招集がかかるのも無理はない。

会議室の外にまで漏れてくる声を聞いたバルドーは、本日は途方もなく大きな議題を取り扱っていることに気付く。

世界最強と称される魔術師たちを集めたクロノスであるが、《審判の咎剣》の謎に関して分かっていることは少ない。

この剣にかけられた呪術は、人間に使用できる魔術の限界を超えているとしか思えないものであり、触れるだけで骨まで溶けるような強烈な呪いを受けることになる。

更に厄介なのは、この剣には、魔性の魅力があることだ。

危険だということは十分に伝えているはずなのに、この剣を不当に持ち去ろうと企んで、犠牲となる人間が後を絶たなかった。

「やあ。遅かったじゃないか。キミの遅刻癖は、相変わらずだね」

会議室に入るなり、最初に声をかけてきたのは、円卓テーブルの中でも【Ⅶ】の位置に座るエマーソンであった。

変わり者の多い【ナンバーズ】の中にあっても、エマーソンは一際風変わりな人物としてその名を知られていた。

彼の専門は、魔道具の開発にある。

武闘派揃いの【ナンバーズ】の中にあって、戦闘を生業としないエマーソンは異端な存在であった。

クロノス社の業績向上に多大な功績を残したエマーソンは、本来であれば、更に上の地位を見込める立場にあった。

だがしかし。

出世に興味を示さずに、己の研究にのみに没頭するエマーソンは、今の立場に甘んじていたのであった。

「エマ。今日はやけに騒がしいみたいだが……。一体、何があったんだ？」

「ふふふ。キミも知っているだろう？　いよいよ、アベルくんの問題が表面化してきたのさ」

「…………!?」

エマーソンの言葉を受けたバルドーは、咥えていた葉っぱを落として、露骨に取り乱すことになる。

（アベル……。アベルだと……!?）

その少年の名前は、バルドーの脳裏に深く刻まれていた。

こと戦闘に関していうと、バルドーは、この四十年近い人生の中で、アベルに出会う前までは、一度たりとも敗北したことがなかった。

極東の地に生まれて、幼い頃より、厳しい訓練を積んできたバルドーは、変幻自在の魔術によって、数多の難敵たちを打ち破ってきた。

アベルによって与えられた敗北は、バルドーの輝かしいキャリアにとって、唯一の汚点となっていたのである。

「ふふふ。バルドー。貴方の考えていることを当てて上げましょうか？　あの子の名前を聞くと嫌な思い出が蘇るわね」

更に言うと、過去にアベルと戦った経験がある【ナンバーズ】のメンバーは、バルドーだけではなかった。

幻惑のミュッセン。

円卓テーブルの【Ⅳ】の位置に腰を下ろした妖艶な色気を持った女性である。

彼女もまた、過去にアベルに敗れた苦い経験を持ち合わせていた。

（そりゃ、そうだろ。あんな強烈な記憶を忘れられるはずがないぜ……）

当初は学生相手に二人掛かりで戦いを挑むことに抵抗はあったのだが、直ぐにそれは自分たちの思い上がりだったと知る。

クロノスの中でも主力メンバーであるバルドーとミュッセンは、いとも容易くアベルに土を付けられることになったのだ。

「――以上が、昨日《審判の間》で起こった事件の真相です。この件に関して、隊長の意見を聞かせて頂きたい」


そう言って、会議を取りまとめるのは、円卓テーブルの【Ⅱ】の位置に座る、白髪の男、イーロンであった。

クロノスの《表の事業》を取り仕切る凄腕の経営者であると同時に、魔術師としても超一流の実力を持ったイーロンは、その一挙手一投足が世界に影響を与える大物であった。


「あの、先程から疑問に思っていたことを聞いても良いでしょうか？」


ポツリと呟くのは、【Ⅰ】の席に座る、あどけない顔立ちをした金髪の美女であった。

彼女の名前は、リオといった。

どうして彼女が、世界最高の魔術結社であるクロノスのトップの地位にいるのか？

その理由について詳しく説明できる人間は、組織の中にも誰もいない。

外見だけで判断するのであれば、どう見ても十代の少女なのだが、彼女は数十年にも渡り組織のトップとして、経営に携わっていたという記録もある。

まるで年を取る様子がないことから、彼女が『人外』の生物なのではないか？　という疑いをかける人物もいる。

何から何まで謎のベールに包まれた人物であった。


「……どうして肝心の『彼』の姿が映っていないのですか？」


その質問は、会議室に集まった人間たちが全員抱いていた疑問であった。

先程から会議室のモニターには、アベルの戦闘の様子が映し出されている。

だがしかし。

その映像の明度は、お世辞にも良好なものとはいえなかった。

どういうわけか霧が発生しているかのように一部の映像がぼやけて、アベルの姿を確認することができなかったのである。


「それに関してはボクから説明しましょう」

隊長の疑問に答えるために席を立ったのは【Ⅶ】の席に座るエマーソンであった。

「結論から言いますと、《機械仕掛けの時計塔(クロックタワー)》の全システムが、彼の手により、書き換えられていたのですよ。

こちらの魔術式を見てください。どうやらボクの作った監視システムは、アベルくんに解析されて、一時的に権限を握られていたようですね。ふふふ。こんな屈辱(くつじょく)は初めてです。システムの中に潜んでいた僅(わず)かな脆弱性(ぜいじゃく)を衝(つ)いた、実に鮮やかな手腕で——」

モニターの画面を資料に切り替えたエマーソンは、その後も上機嫌な表情でいかにアベルが優れた魔術を用いたのかを饒舌(じょうぜつ)に語っていた。

「おい。エマ。隊長の前で何を嬉しそうに言っているんだ！　どう考えても、これはお前の過失だろうが！」

この状況に異議を唱えたのは、イーロンであった。

エマーソンの言葉には、悪びれた様子が微塵(みじん)もない。

それどころか完全に開き直って、この状況を楽しんでいるかのように見える。

「はあ……。ボクの仕事に不満があるなら、今直ぐに担当から外してくださいよ。どうせボク以上の技術者なんていないのですから、ボクを責めるのは無意味ですよ」


昔からエマーソンには、こういう傾向があった。

目上の人間に責められても、自らを省（かえり）みる様子がまるでない。

何故ならば——。

エマーソンは自分こそが至高の天才であることを信じて疑わないからだ。


「チッ……。お前のそういうところ。本当に嫌いだぜ」


クロノスに配属された当初から、エマーソンは全ての人間を見下していた。

世界最高峰（さいこうほう）の魔術師たちを集めた【ナンバーズ】のメンバーであっても、それは例外ではない。

逆に言うと、この状況は、エマーソンがこれほどまでに惚（ほ）れ込んでいるアベルという少年が、いかに異端なのかという事実の表れでもあった。

「……隊長。この少年の処遇について決定をお願いします。ハッキリ言ってこれは、我々クロノスの沽券にかかわる問題ですよ」

「…………」

鬼気迫る表情で意見を求めるイーロンとは対照的に、リオの表情はのんびりとしたものであった。

「そうですねえ。せっかくですし、ワタシも一度、彼に会って話をしてみたいです」

ゆっくりと席を立ったリオは、部下たちに向かって命令をする。

「クロノスの威信にかけて。総力を以てして、彼の身柄を確保してください」

アベルの与り知らぬところで、様々な人間たちの思惑が交錯していた。

〜〜〜〜〜〜〜〜〜〜〜〜〜〜〜〜〜〜

それからのことを話そうと思う。
首尾良く《機械仕掛けの時計塔》を脱出した俺は、学生寮に戻って今日あったことをリリスに報告していた。

「そうですか……。《機械仕掛けの時計塔》の中でそんなことが……」

俺の報告を受けたリリスは、神妙な顔つきで言葉を返す。

「すまないな。騒ぎを大きくしてしまったみたいで」

今回のことは他でもない俺の過失である。
久しぶりに《無銘》に会って気持ちが昂っていた部分もあったのだろう。
自分の選択が間違っていたとは思わないが、他にもっと穏便なやり方があったかもしれない。

「いいえ。アベル様の行いは、正しかったと思いますよ。《審判の咎剣》というと、裏の世界では有名な、魔性の武器です。その剣の魔力に魅入られて、命を落とした人間は数えきれませんから」

ふむ。

やはりそうだったか。

以前に自分の書いた本が、《禁忌の魔導書》と呼ばれ、戦争の火種になっていると聞いた時から警戒していたんだよな。

二〇〇年前の時代に俺が残した遺品は、どうやら現代に様々な影響を与えているらしい。

過去の自分が蒔いた争いの種は、現代の自分が摘み取っていくべきだろう。

「近いうちに、クロノスとの争いは避けられないかもしれませんね」

「ああ。それなら、問題ないと思うぞ」

奴らが何人、束になってかかってきても今の俺なら楽勝に追い返すことができるだろう。

この時代に転生してきた直後ならいざ知らず、今の俺が、この時代の魔術師たちに後れを取るとは考えにくい。

現状では、敵として認識するに足るレベルに達していないというのが、俺にとっての正直な感想である。

「ですが、用心するに越したことはありません。特に来週から始まる修学旅行では、一段と警戒が必要となるでしょう」

「……どういうことだ？」

「巨大な武力行使は、国内では御法度（ごはっと）です。ですが、海外となると話は別です。おそらく彼らは、アベル様が国外に出るタイミングを好機と捉えているはずですから」

なるほど。

修学旅行が、奴らの報復のタイミングになりやすいということは理解した。

だが、場所や手段が変わったところで、相手が同じであれば、状況は変わらない気がする。

どうしてリリスが、これほどまでに警戒するのか理由が分からないな。

「念のため、ワタシも同行させて頂きます。今回の旅行では、アベル様の傍にいられるよう、色々と工作をさせて頂きますね」

キリッとした凛々しい顔つきでリリスは言った。

「……なあ。もしかすると一緒に旅行に来る口実が欲しかっただけじゃないか？」

「ふふふ。さて。なんのことでしょうか♡」

「…………」

この反応、完全に図星を衝かれて、開き直っている時のやつだよな。

やれやれ。

俺もあまり人のことを言えた義理ではないのだが、この女はもう少し緊張感というものを持った方が良いのではないだろうか。

第五話　東の国

EPISODE 005

The reincarnation magician of the inferior eyes.

それから。

俺が魔術結社クロノスの拠点である《機械仕掛けの時計塔(クロックタワー)》を訪れてから、数日の時が過ぎた。

今のところは、クロノスの連中が報復に来る様子は微塵(みじん)もない。

あれからというもの俺は、平和的な日常を過ごしている。

「それでは、本日より修学旅行の段取りについて説明を行おうと思う。その前にまずは肝心(かんじん)の行き先について教えておかなければならないな」

とある日の朝のＨＲ(ホームルーム)のこと。

フェディーアが教壇(きょうだん)に立ってそう言うと、教室の空気が俄(にわか)にザワつき始めるのが分かった。

「なあ。今年の行き先は何処だと思う？」

「さあな。だが、噂によると去年は天空都市ラクトス、一昨年は海上都市ミネルバだったらしいぜ」

「マジかよ！　世界有数の観光都市じゃねーか！　流石は天下のアースリア魔術学園……！　これは期待が持てそうだな！」


フェディーアの言葉を受けた生徒たちは、次々にそんな言葉を口にしていた。

ふうむ。

天空都市ラクトスというと、周囲を山岳地帯に覆われた世界最高の都市国家だな。

名前の通りに受け取ると、空中に浮いているようにも思えるが、実際は標高が高いというだけで宙に浮いているというわけではない。

景色は絶景なので、一度は訪れてみるべき場所である。

海上都市ミネルバは、絶海の上に人工的に造られた島だな。

大陸を繋ぐ中継地点として、栄えてきたこの国は、様々な国家の文化が雑多に入り混じる興味深い土地であった。

こちらも旅行先としては、悪くない選択肢だろう。

「うおおおお！　何処になるんでしょうか！　個人的には、食べ物が美味しい国が良いッスねー！」

さて。

テッドの発言は置いておくとして、ここで問題になってくるのは、いずれの国に決まったとしても既に俺にとっては、行ったことがある国になる確率が高いということである。

まあ、それも致し方のないことだ。

魔王討伐の旅として、十年以上もの間、俺の所属していた勇者パーティーは世界各国を旅していたわけだからな。

どこの国に決定しても、俺にとっての新鮮味は期待できないだろう。

「今回、訪れる国は、東の島国であるアメツチだ」

「「「…………」」」

俺の思い過ごしだろうか。

フェディーアの言葉を聞いた途端、教室の空気が露骨に盛り下がっていくのが分かった。

ほう……。

アメッチか。

なかなかに興味をそそられる旅行先である。


「おいおい……！　アメッチってマジかよ⁉　地味過ぎないか！」

「田んぼと山しかないって聞いたぜ⁉　どうしてあんなド田舎に……」


クラスの連中の偏見が酷いな。

たしかに、たしかに、だ。

俺のいた二〇〇年前の時代においては、アメッチは、お世辞にも栄えている国とはいえなかった。

極東の海にポツリと浮かぶこの国は、特に目ぼしい資源が取れるわけではない。

周囲は荒々しい海に囲まれており、貿易において極端に不利な立場に晒されていた。

だがしかし。

遺伝的に黒眼系統の魔術を得意とする人間が多いアメッチの国は、物作りの国として、独自の地位を築いているのだ。

魔術師たちのレベルは総じて高い。

彼らの多くは勤勉で、良く学び、良く働く。

アメッチの血が入った魔術師は、世界各国に点在しており、存在感を示しているのだ。

「近年、アメッチは、国際的にも評価が高まっている国だ。彼らから学ぶことは多いだろう」

クラスの連中の不満をたしなめるようにフェディーアは補足する。

どうやらクラスメイトたちには不評なようであるが、俺にとっては願ってもいない展開である。

アメッチは、今まで俺が訪れていなかった数少ない国なのだ。

まさか学校のイベントを通じて、訪れるチャンスが巡ってくるとは思ってもいなかった。

〜〜〜〜〜〜〜〜〜〜〜〜〜〜〜

行き先を決めた後は、自由時間で行動を共にするグループを決める番である。

「それでは今より、修学旅行を見て回るグループを決めようと思う。男子二人、女子二人。合計四人から成るグループを作ってほしい」

フェディーアの言葉によって、教室の中の雰囲気（ふんいき）が俄にザワついていくのが分かった。

「マジかよ……！　こういうのって普通はクジとかで決めるものじゃないのかよ……!?」
「い、いっそのことランダムに決めてほしかったぜ……」

クラスの連中が騒ぐのも無理はない。

旅というのは、何処に行くかではなく、誰と過ごすかが、時として最も重要な要素になるのだ。

これから決めるグループによって、修学旅行とやらは、天国にも地獄にも変化していきそうだ。

「男子二人ということはオレと師匠で良いッスかね？」

「ああ。それに関しては別に異論ないぞ」

誠に遺憾ではあるが、テッド以外に交流のある男子生徒がいるわけではないからな。

こういう時に知り合いの男子がいるというのは、有り難い部分もある。

さて。

問題は残りの女子二人であるが、これに関しては個人的に心当たりがあった。

「アベル……！　よければアタシたちと一緒に……！」

ふむ。どうやら向こう二人も俺と同じことを考えていたようだな。

俺たちに声をかけてきたのは、エリザとユカリの女子二人グループであった。

この二人は、以前に体育のハウントの授業で一緒のチームになったことがあるからな。

面識のない人間と一緒になるよりも、気持ちも楽になるというものだろう。

「アベルくん！　もう一緒に行く女子って決まっている⁉」

んん？　これは一体どういうことだろうか。

エリザたちを押しのけて、俺に声をかけてくる女子がいた。

この女子の名前はたしか、ええと……。思い出すことができないな。

「ちょっと！　抜け駆けはズルいわよ！」

「アベルくんはワタシたちと一緒に行くんだから！」

そこで更に驚くべきことが起こった。

どういうわけか俺たちグループと一緒に組みたいと主張する女子たちが、続々と現れたのである。

「さ、流石は師匠！　モテっぷりが、半端ないッス！」

テッドのやつが驚くのも無理もない。

世の中には、案外、物好きな女が多いようだ。

いや、そう思うのは、単なる俺の思い上がりなのかもしれない。

テッドはこれでいて社交的で、学校の成績も（実技に関しては）優秀だからな。

案外、女子たちに人気なのは、テッドの方という可能性もある。


「ねえねえ。エリザさん。オレたちと一緒に行動しようよ！」

「えっ。えっ……!?」

「実は前からずっと可愛いな、って思っていたんだよね」

「根暗な劣等眼なんかより、オレたちの方が百倍は楽しませてやれると思うぜ？」


他生徒たちからの勧誘を受けているのは俺たちグループだけではなかった。

どうやらエリザとユカリのグループは、一部の男子生徒たちから熱心なアプローチを受けているようである。

まあ、この二人は容姿のレベルだけでいったら、俺たちのクラスの中でもトップクラスだからな。

男子からの人気を集めるのも納得の展開である。

「ア、アタシたちには、既に決めている人たちが……」

「まあまあ。そう硬いこと言わずに～♪」


やれやれ。

嫌なら最初からハッキリ断れば良いと思うのだが……。

エリザは気が強いようでいて、意外に押しに弱い部分があるからな。

ここは同じ研究会に所属しているよしみで、助け船を出してやった方が良いかもしれない。

「とりあえず、お試しで。一日だけでもさ♪」

男たちの手がエリザの肩に触れる寸前のタイミングで、止めに入ってやることにする。

「悪いが、他を当たってくれないか？」

「はあ?」

俺の姿を目にするなり、男たちは露骨に不快そうに表情を歪めていた。

「おいおい! なんの権利があって、オレたちに指図するっていうんだよ!?」

「出来損(できそこ)ないの劣等眼がっ! ちょっと勉強ができるからって調子に乗りやがって!」

やれやれ。

この期に及んで眼の色まで持ち出して罵倒(ばとう)をしてくるとは穏やかではないな。

別に犯罪行為をしているわけではないのだが、嫌がる女子たちを無理やり誘い続けるのはスマートな行動とはいえないだろう。

この手の人間に説得を試みるのは不可能である。

仕方がない。

奥の手を使ってやることにするか。

そう考えた俺は、僅(わず)かに殺気を込めた眼差(まなざ)しで男たちを睨(にら)んでやることにした。

「この女は予約済みだ。他を当たれと言っている」

「「…………ッ！」」

次の瞬間、男たちの肩がビクリと震える。

「あっ……。あが……」

人間に限らず、自然界に存在する多くの生物には、『恐怖に晒された際、体が硬直して動かなくなる』という習性が存在している。

何故ならば、捕食者に遭遇した際には、動かない方が生き残れる可能性が高いからだ。

「な、なんだよ……これ……」

「体が……動かねえ……」

ふむ。流石に少しやり過ぎだっただろうか。

先程までの威勢は何処にやら――。

俺の殺気を浴びた男たちは、完全に委縮してしまったようである。

「畜生！　これだから外部生は嫌なんだ！」

「薄汚い外来種の分際で！　覚えていろよ！」

俺に凄まれた男二人は、そんな捨て台詞を残して足早に立ち去っていく。

外来種か。

久しぶりに聞いた単語だな。

アースリア魔術学園では、伝統的に内部進学組が俺たち外部受験組を見下す風潮が残っていた。

入学から時間が経過して、最近では影を潜めていたのだが、外部生に対する差別が残っていたようである。

「あ、ありがと。アベル……」

「流石はアベルくんです。頼りになります」

ともあれ二人と同じグループになれたようで何よりである。

こうして俺は、無事に修学旅行で同じグループメンバーとなる女子二人を確保することに成功するのだった。

第六話

EPISODE 006

古都《花乃宮》

The reincarnation magician of the inferior eyes.

時は過ぎて、九月の中旬。

授業の合間に、修学旅行に関する計画を練ること数回あまり。

人々が夏の暑さを忘れかけているタイミングで、待望の（？）修学旅行の日がやってきた。

王都ミッドガルドから、アメツチまでの距離は、二〇〇〇キロメートルほど離れている。

途方もない距離だ。

単なる平地ではなく、幾つもの海と山を渡らなくてはならないのだ。

俺のいた二〇〇年前の時代だと、それこそ、数カ月がかりの長旅となっていただろう。

「いよいよ、この日がやってきました。楽しみッスね！　師匠！」

隣の席に座るテッドが、水を得た魚のようにはしゃいでいる。

アメツチを訪れるために俺たちが最初にやってきたのは、王都の『東区画』であった。

港に面した市場と工業地帯の立ち並ぶ東地区は、俺たち学生にとってはあまり馴染みのない場所である。

どうして東区画を訪れたのか？

その理由は、至極シンプルなものである。


「いやー。いつ見ても、もの凄い迫力ッスね！　魔導鉄道は！」


この東区画には、『魔導鉄道』という便利な乗り物が存在しているからだ。

現代の乗り物を利用すれば、手軽に国外に行くことができるというわけだ。

その時、不意に俺の脳裏を過ったのは、先日リリスから忠告された言葉である。


『ですが、用心するに越したことはありません。特に来週から始まる修学旅行では、一段と警戒が必要となるでしょう』

なんでも魔術結社というものは、政府に目を付けられている存在であり、国内においては活動に制限がかけられているらしい。

奴らにとっては、俺が国外に出るタイミングが報復の好機になるというわけだ。

今のところは、不穏な気配は感じないが、まあ、気に留めておいて損はないだろう。


「どうしたの？　アベル。何か考え事？」

「具合が悪いのでしょうか？　先程から、顔色が優れないようですが？」

俺の身を案じてくれたエリザ＆ユカリが心配そうに尋ねてくれる。

二人の指定席は、俺とテッドが座っている席のちょうど向かい側らしい。

今回の旅では、学園側が車両を丸々と貸し切っていたので、騒がしい雰囲気に包まれていた。


「いや。なんでもない。少し気掛かりなことがあってな」

一つ不安を挙げるとしたら、クロノスのメンバーの襲撃により、修学旅行に参加中の生徒たちに危害が及ぶリスクがあることだ。

これに関してはリリスのサポートを借りつつも、未然に防いでいくしかなさそうだ。

～～～～～～～～～～～～～～～～


でだ。俺たちが魔導鉄道に搭乗してから、一時間くらいが経過しただろうか。

学生たちによって貸し切られた魔道列車は、国外に向かって進んでいた。


「あの。実を言いますと、お家でクッキーを焼いてみたのですが、皆さん、食べてくれませんか？」

「凄い……！　これ、全部、ユカリが作ったの⁉」

「はい。エリちゃんのお口に合うと良いのですが……」

「ウメッ……。ウメッ……。流石はユカリさんッス！　激ウマッス！」

「コラッ！　ドングリ！　どうしてアンタが先に食べているのよ⁉」

「大丈夫ですよ。お代わりはたくさん用意していますので」


やれやれ。

相変わらずに騒がしい連中である。

こうして知人たちと列車に乗っていると、夏合宿の時のことを思い出すな。

もっとも、前回の合宿の時にいたノエルは、修学旅行には参加していないようであるが。

極端に人付き合いが苦手なノエルにとって、見ず知らずの他人と一夜を過ごさなくてはならないこの旅行は、色々と荷が重かったらしい。

本人としては参加できないことを悔やんでいたようなので、何かしらの土産を用意しておくことにしよう。


「あっ！　見えてきたわ！」


不意にエリザが列車の窓の外を指さしてそう言った。

そこにあったのは、楕円の形に翼を生やしたような奇妙な人工物であった。

ふむ。本で読んで知識としては知っていたのだが、こうして実物を見るのは初めてだな。


「凄い……！　あれが飛行船なんですね……！　私、初めて見ました……！」

飛行船とは、その名の通り、空を移動することを可能にした船のことだ。

船全体に施された特殊な重力操作の刻印魔術を使用して浮力を発生させる。

更に、風属性の魔石燃料を燃やすことで、強力な推進力を発生させて移動するのだ。

前から一度、見てみたいと考えていたのだが、思ったよりも早くに実現することになったな。

まさに近代魔術の粋を尽くしたテクノロジーの乗り物といえよう。

「この船に乗れば、アメツチまで一直線っていうわけね！　凄い技術だわ！」

実際、凄い技術なのだ。

俺のいた二〇〇〇年前の時代、アメツチを訪ねようとするのは命懸けの旅行となっていた。

それというのも東の果てにある絶海の孤島であるアメツチは、幾つもの険しい海峡を渡らなければたどり着くことができなかったからだ。

魔術師のレベルにおいては著しく低下している現代であるが、交通機関の発達においては目を見張るものがある。

「どうしたんだ。テッド。さっきから元気がないみたいだが」

先程から個人的に気になっていたのがテッドの口数が妙に少なくなっていたことである。

普段のテッドであれば、こういった未知のものに遭遇した場合、うるさいくらいに騒ぐはずだと思うのだが。


「いや〜。こうして見ると結構、緊張するッスね。本当にあの風船で、空を飛ぶことができるのかなって」


なるほど。

そういうことだったのか。

大雑把なようでいてテッドは、枕が変わると途端に眠れなくなったりする、無駄に繊細なところがあるからな。

初めての飛行船ということで不安に感じている部分があるのだろう。


「墜落するリスクも、ゼロではないだろうな」

「えええ〜。嫌だな〜。師匠、驚かさないで下さいよ〜」

「？　別に驚かしているわけではないぞ？　こういった新しい技術に失敗はつきものだ」

「…………」

俺の思い過ごしだろうか？

正直に事実を伝えてやると、テッドの顔色が青くなっていくのが分かった。

「最近だと、怪鳥の襲撃にあって、飛行船が墜落した事故もあったみたいだぞ」

俺たちの住んでいる近辺は、危険な魔獣の個体数が減少傾向にあるのだが、世界を見渡すと未開なエリアも数多く存在している。

海外に行くのであれば、途中で怪鳥の一匹や二匹が現れても、なんら不思議ではないのだ。

「師匠！　自分、お腹が痛くなってきたんで、降りても良いでしょうか！」

「今更遅いぞ。腹を括(くく)れ」

まあ、万が一、魔獣が現れても俺が搭乗(とうじょう)している以上は、墜落のリスクはゼロなのだけどな。

うるさいテッドが少しでも大人しくなるのであれば、そのことは黙っておいた方が良さそうである。

〜〜〜〜〜〜〜〜〜〜〜〜〜〜


それから。

俺たちが飛行船に搭乗してから十時間ほどの時が過ぎた。

幾つかの山と海を越えると、目的地であるアメツチの島が見えてくる。

ふむ。

少し驚いたな。

実際に到着するまで半信半疑の部分もあったのだが、半日足らずで到着してしまったぞ。

「おい。テッド。起きろ。そろそろ目的地に到着するみたいだぞ」

「ふがっ……!?」

隣の席で寝ているテッドを起こしてやる。

「ひぃ……！　でっかい鳥が！　怪鳥が襲ってくるッス！」

「何を寝ぼけたことを言っているんだ。早く支度を済ませておけよ」

　どうやらテッドは未だに半分、夢の中にいるようだ。

『乗客の皆様。間もなく当船は、アメッチに到着いたします。下船の際は、お忘れ物ないよう注意をお願いします』

　魔道具のスピーカーから、アナウンスが流れると船の中が途端に慌ただしいものになっていくのが分かった。

　ふむ。俺としては、久しぶりに魔獣の一匹くらいは見たいと思っていたのだが、これに関しては別の機会に楽しみを取っておこう。

　何はともあれ今回は、何事もなく目的地に到着できたことを喜ぶことにしよう。

　飛行船の扉が開くと、湿り気を帯びた空気が船内に入ってくるのが分かった。

「おおー！　ここが、アメッチ！　ということは、ここから一歩でも外に出たら外国ということなんスね！　感激ッス！」

「分かったから。早く降りろよ」

出口の前に留まっているテッドの肩を押すようにして、飛行船の外に出る。

先程までは墜落リスクに怯えていたくせに、変わり身の早いやつである。


〜〜〜〜〜〜〜〜〜〜〜〜〜〜〜〜


でだ。

飛行船から降りた俺たちは、事前に団体予約をしていた宿に荷物を預けに行くことにした。

荷物といっても数日分の着替えと読みかけの本くらいしか持っていなかったので、作業はスムーズだ。

部屋の中に鞄を置いた俺は、玄関を出てすぐのところで、女子たちが到着するのを待っていた。

「お待たせしました」

「アベル！　ドングリ！　行きましょう！」

女子グループと合流したことによって、俺たち四人のグループは、晴れて自由行動の時間となった。

古都《花乃宮》。

俺たちが尋ねることになった場所は、アメツチの中でも様々な歴史的建造物が立ち並ぶ都市であった。

「見て！　街が見えてきたわ！」

暫(しばら)く歩くと、やがては人通りの多い場所に到着する。

ふむ。なんというか、異国の風情(ふぜい)のある街並みだな。

綺麗(きれい)に整備された歩道には、茜(あかね)色に染まった紅葉の木が立ち並んでいる。

近くの池には、赤色に塗られた大きな橋がかけられていた。

さてさて。

本来であれば風情溢れる街並みを楽しみたいところであるのだが、個人的に一つ、気になる点があった。

視られているな。

刺客の数は二人だ。

近くから一人。やや離れた位置から、もう一人。

おそらくクロノスのメンバーが、遠路はるばる俺のことを追いかけてきたのだろう。

まったくもって、甲斐甲斐しい奴らである。

「凄い……！　皆、面白い服を着ているのね」

エリザの言う通り、住人たちが身に着けている服は、どれも個性的であった。

俺たちのいる国では所謂、『和服』『着物』と呼ばれているものであり、普段使いしている人間は限られている代物であった。

「ユカリが前に着ていた服と少しだけ似ているわ」

「ええと。実を言いますと、私の祖先は、アメツチの国の生まれだったらしいのです」

「えっ。そうだったの⁉」

「はい。私のおばあちゃんの、そのまた、おばあちゃんの話ですので、私もあまり実感がないのですが」

なるほど。

言われてみると、たしかにユカリには東国出身の人間に共通する要素が多いような気がするな。

着ている服に関してもそうだが、名前に関しても何処かアメッチ由来の雰囲気が感じられる。

黒眼属性の魔術師が多いことも東国出身の特徴の一つなのだ。

「わあ……！　見てください。池の中に綺麗な魚が泳いでいますよ」

ユカリに言われて池の中を覗き込むと、そこにいたのは、赤、白、黒の模様を持った綺麗な魚類であった。

「ニシキゴイと呼ばれる観賞魚だな。昔、本で読んだことがある」

東国を発祥とするニシキゴイは、近年、世界の各国で人気が高まっている観賞魚だ。

美しい模様を持ったこの魚は、同族たちと交配させることによって、その色合いを遺伝させることが可能となる。

人々はどれだけ美しい模様を持った個体を生み出せるかに傾倒して、夢中になっていくらしい。

「風情があって、綺麗な魚ですね」

おそらくアメツチは、諸外国と比べて景観に対する拘りが強いのだろうな。

ドロの臭いが沸き上がり、ポイズンパーチしか泳いでいない王都の池も見習ってほしいところである。

「見て見てー！　ユカリ！　向こうで知らない食物が売っていたの！」

「すごく安かったッス！」

どうやらテッド&エリザは、売店で同じ食物を購入したようだ。

んん？　なんだ、これは？

二人が購入したのは、透明なケースの中に入れられた豆のようなもの（？）であった。

見るべきところがこれだけ多々ある状況で、食物に目が向くとは……。

この二人の食物に対する執着には呆れるばかりである。


「エリちゃん……。それ、魚のエサとして売っていたものじゃ……？」

「えっ……!?」


ユカリの指摘を受けたエリザが何かに気付いたようだ。

二人が食物を購入した売店を確認してみる。

ふむ。

二人が気付かないのも無理はない。

店の看板には、東国を発祥とする言語で、『魚のエサにつき、食べるべからず』という注意書きが記されていた。

人間に向けたものではなくて、魚のエサなのだから値段が安いのも納得である。

「いいじゃないッスか。美味しければなんでも！」

おいおい。

テッドに至ってはお構いなしのようだ。

袋の中に手を突っ込んだテッドは、美味しそうに豆をボリボリと頬張っているようだった。

「師匠も一粒、どうでしょうか？　歯ごたえがあって、なかなか美味しいッスよ！」

「…………」

本来なら迷惑この上ない提案であるが、今回に限っては話が別である。

「そうだな。せっかくだし、一粒だけ貰おうか」

もちろん俺には、好き好んで魚のエサを食べるような趣味はない。

では、どうしてテッドから魚のエサを受け取ったのか？

その理由はというと、池の中に潜んでいる刺客を追い払うのに、ちょうど小さくて硬いものが欲しいと思っていたからだ。

「なんスかー！　なんだかんだ言って、結局、師匠も食べたかったんじゃないッスか！」

「…………」

無視だ。無視。

テッドの仲間にされるのは屈辱であるが、これも手早く刺客を追い払うためである。

トンッ！

心の中で毒づいた俺は、掌の中の豆を指で弾いてやることにした。

狙った先は、池の中から不自然に飛び出している竹筒の中である。

作戦成功。

背面の状態から投げ入れられた豆粒は、ポチャリと音を立てて、ピンポイントで竹筒の中に入っていくことになった。

やれやれ。

今回のことで俺のことを狙う刺客たちも、少しは大人しくなると良いのだけどな。

この程度の相手であれば、魔術を使用するまでもない。

小豆(あずき)の一粒でもあれば、十分に力の差を思い知らせてやることができるだろう。


～～～～～～～～～～～～～～～～


一方、時は、アベルたちがアメッチの中心地である古都《花乃宮》に到着する三日ほど前にまで遡(さかのぼ)ることになる。

組織の命により、アベルを打ち倒すべく、一人の男が目を光らせていた。

男の名前はブルーノといった。

鬼水蠆(おにやご)の通り名を持った、名うての暗殺者である。

クロノス所属の最強魔術師集団、【ナンバーズ】に数えられており、ナンバー【XII(ジユウニ)】の地位を与えられた男であった。

暗殺者としてブルーノの信条は、『一撃必殺』にあった。

ブルーノは生粋(きっすい)のハンターだ。

一人の人間を殺すために途方もなく長い時間、同じ場所に待機することのできる『忍耐力』が彼の持ち味であった。

誰よりも早く現地入りをしたブルーノは、《花乃宮》の中心部にある池の中で気配を消して、ターゲットの到着を待っていた。

（ケッ……。まさかこのオレ様が、ガキ一人を始末するために、こんな場所にまで来るとはねえ……）

水中で息を殺し、周囲の背景に溶け込みながらも、ブルーノは心の中でそう毒を吐いた。

これまでブルーノが秘密裏に始末をしてきた魔術師の数は、優に二桁を超えている。

政治家。聖騎士。世界を股にかける大商人。

政府系の機関と取引のある暗殺者、などなど。

彼が手にかけてきた人間は、いずれも社会的な影響力を持った大物ばかりであった。

まさか、一介の学生を相手に仕事をする日が来るとは、ブルーノにとっても想定外のことであったのだ。

（水の魔術を使わせたらオレ様に勝てるやつはいねえ。どんな相手もオレ様の領域に引き込んでやればイチコロよ）


最大のチャンスはターゲットが橋を渡る瞬間である。

この池の底には、ブルーノが事前に三日三晩かけて作成した魔法陣が描かれている。

ブルーノが得意とする魔術は、《設置型》と呼ばれるものである。

効果範囲が限定的で、準備に時間がかかる反面、その威力は強力無比だ。

この《設置型》の魔術を扱いこなせば、実力的に数段上の相手であろうと、一撃で屠ることが可能であった。


（楽しみだぜぇ……！　オレ様の作った《水の牢獄》で悶える人間を見るのはよぉ……！）


事前に知らされていた情報によると程なくしてターゲットが、この橋を通ることになるだろう。

計画は完璧である。

いかに相手が優秀な魔術師であろうとも関係がない。

ブルーノの得意とする《水の牢獄》に対抗する手段など、この世界に存在していないのだ。

（いつも通り、イージーな任務だぜ。まったく、アニキはあんなガキの何処を警戒しているのだか……）

その時、ブルーノの脳裏を過ったのは、ここに来る前日に師匠であるバルドーから受けたアドバイスであった。

『いいか。ブルーノ。アイツは……あのアベルっていうガキは普通じゃねえ……。全力で殺れ！　でなければ、この仕事は一〇〇パーセント失敗するぜ！』

バルドーは凄腕の魔術師だ。

組織に入った直後から慕っているし、その能力は認めている。

だからこそ、腑に落ちないのだ。

バルドーほどの魔術師が、十五歳にも満たない子供を警戒する理由が、ブルーノには分からなかった。

（まあ、いい。いずれにせよ、組織があのガキを高く買っているのは好都合。奴を仕留めて、オレは今日！　アニキを超える……！）

ブルーノに与えられたナンバーは【Ⅻ（ジュウニ）】。
【ナンバーズ】の一員として認められているものの、その地位は現在のところ最下位である。
首尾（しゅび）良くアベルを仕留めることができれば、組織の中での地位も向上するというものだろう。

（さてと。ようやくターゲットの登場というわけか……！）

黒色の髪。学生服。琥珀（こはく）色の眼。
少年を構成する諸々（もろもろ）の要素が事前に伝え聞いていた情報と一致する。
異変が起きたのは、ブルーノが事前に描いていた魔法陣を作動させようとした直後であった。

「――――ッ⁉」

突如としてブルーノの体に電気が走ったかのような衝撃が走る。

自らがターゲットに殺気を向けられていることに気付くまでには、それほど多くの時間はかからなかった。

（う、動けねえ。なんだ……これ……!?）

呼吸が苦しい。

常時であれば三十分近くも息継ぎすることなく、潜水可能なブルーノであるが、極度の緊張によって一気に酸素が足りなくなっていく。

（バカな……!?　このオレが気圧されているというのか……!?　あんなガキに……!?）

呼吸用の竹筒をポケットから取り出したブルーノは、深呼吸をして、思考を整理することにした。

（落ち着け……。取り乱せば、オレの負けだ。奴がどんな力を持っていたところで関係がねえ……。《水の牢獄》の中に閉じ込めれば、勝負の分はこちらにある……！）

魔術師が実力を発揮するためには、心の平静が不可欠である。
《水の牢獄》は、魔術師から冷静な思考を奪う。
閉じ込められた魔術師は、本来の実力を発揮できないままにブルーノに殺されていくことになるのだ。

「ゴボッ――――⁉」

その時、ブルーノは呼吸が益々と苦しくなっていくのを感じていた。
どういうわけかブルーノは竹筒から思うように酸素を得ることができなくなってしまったのである。

（どういうことだ……⁉　魔術を使用した形跡など、まるでなかったのに……⁉）

ブルーノは、敵の魔術が作動しようものなら、即座に反撃する準備を整えていた。

だからこそ、腑に落ちない。
ターゲットは一体どういう手段で、酸素の供給手段を断ったのか？
答えは単純。
極めて、原始的なものである。
ブルーノが使用している竹筒に豆粒を詰まらせただけなのであるが――。
結局、ブルーノがこの事実に気付くことは最後までなかった。

（ウガッ……！　ウガガガガガッ……！）

それから暫くした後、極度の酸欠状態に陥ることになったブルーノは、水面にプカプカと体を浮かべることになるのだった。

第七話

EPISODE 007

甘味処の事件

The reincarnation magician of the inferior eyes.

でだ。

俺たちがアメッチの首都である《花乃宮》に到着してから、三十分ほどの時間が経過していた。

それからも俺たちは、何事もなく観光を続けている。

「いらっしゃいませー！　お兄さんたちー！　蒸したてホカホカの、お饅頭(まんじゅう)はいかがですかーー！」

「こっちには自家製の甘酒もありますよー！」

ふむ。

どうやら俺たちは、飲食街の方面に迷い込んだようだな。

和服に身を包んだ客引きたちが、威勢良く観光客にかける声が響いている。

いつの間にか、街の中に甘い匂いが立ち込めているのが分かった。


「あの、皆さん。そろそろお腹が空きませんか？」

「減ったッスー！」

「ペコペコよー！」


ユカリの言葉を受けて、俺たち四人は、休憩のために飲食店に立ち寄ることに決めた。

甘味処《みたらし亭》。


俺たちが足を踏み入れていたのは、古風な造りの喫茶店のような（？）店であった。

なかなかに風情のある店構えだ。

外観こそ古めかしいものの、店内は、清掃の手入れが行き届いており、不快感はまるでない。

俺たちが案内されたのは、店の奥にある見晴らしの良いテラスの席だった。

「へえ。これがメニュー表……！　見たことのないデザートが沢山ありますね」

「手書きのメニュー表って、不思議とテンションが上がるわ！」

木製のテーブルに着席した途端、女子たちはメニュー表を片手に盛り上がっているようだった。

ふうむ。

どうやら視られているみたいだな。

敵の数は一人だ。

ここより遥か遠方。

四〇〇メートル先にある建物の上からである。

今度の敵は池の中にいた雑魚よりは、マシになっていると良いのだが、あまり期待はできないかもしれないな。

「お待たせしました。こちら、特製あんみつ四人前となっております」

「「わあ～！」」

そうこうしている間に俺たちが注文しているメニューが到着したようだ。

悩んだ挙句に俺たちが頼んだのは、『あんみつ』といわれる謎の料理であった。

「うん。エキゾチックで素敵だわ」

「面白い料理ですね」

異変が起きたのは、俺たちが目の前の料理に舌鼓を打とうとした直後のことであった。

シュオンッ！

天高くより、一本の矢が飛来する。

やれやれ。

人がせっかく食事を楽しもうとしているというのに、無粋なことをする人間がいたものである。

俺は手にした割り箸を使って、飛んできた矢を掴んでやることにした。

「んあ……！　し、師匠！　ど、どうしたんスか！　その矢は！」

流石はテッド。

できるだけ静かに矢を摑んだつもりだったのだが、相変わらず動物的な勘が働くやつである。

さてさて。

どうしたものか。

真実を話してやることは簡単であるが、可能であれば、敵の襲撃を受けていることは秘密にしておきたい気持ちもある。

今回、クロノスから余計な恨みを買ってしまったのは、他でもない俺自身に原因があるのだ。

できることならコイツらには、気を遣わせずに旅行を楽しんでもらいたいところである。

「…………」

「めちゃカッケーッス！　どこの売店に売っていたんスか！」

んん？　これは一体どういうことだろうか？

どういうわけかテッドは、興奮した様子で俺の持った矢を観察しているようだった。

「この質感……！　このデザイン……！　お土産としてのクオリティをはるかに超えているッ

ス！　感激ッス！」

そりゃそうだ。

曲がりなりにもこの矢は、プロの暗殺者が使用しているものだからな。

この矢に施(ほどこ)された刻印魔術(エンチャント)を見れば、敵魔術師の大まかな実力を測ることができる。

ふうむ。

今回の敵はまずまず、可もなく不可もなく、といったところだろうか。

過去に戦ってきたクロノスのメンバーで評価するならば『中の下』といったところかな。

「師匠！　是非(ぜひ)とも、その矢を譲(ゆず)ってほしいッス！　自分が買ったこのドラゴンソードのキーホルダーと交換しましょう！」

そう言って、テッドがポケットの中から取り出したのは、謎のデザインのキーホルダーであった。

ドラゴンがグルグルと剣に巻き付いているその剣は、端的に言って、非常にセンスの悪いデザインをしていた。

「いらん」

「そ、そんなぁー！」

そういえば似たようなデザインのキーホルダーが、幾つか土産店に並んでいたな。

一体、どんな層が買うのかと疑問に思っていたのだが、謎が解けた気分である。

「あれ……？　アベル。どこかに行くの？」

矢を片手に席を立つと、エリザが何処か不安そうな面持ちで尋ねてくる。

「急用を思い出した。五分で戻る」

落としものは、キッチリ持ち主に届ける必要があるだろう。

敵の力量から察するに勝負が長引くことはなさそうである。

「エリザさん。デリカシーのない質問はやめるッス！　師匠だって、人間ッスから！　トイレくらい普通に行きますよ！」

テッドが妙なフォローをしているようだが、ここは否定も肯定もしないでおくのが良いだろう。

～～～～～～～～～～～～～～～～～～～

一方、その頃。

ここはアベルたちが訪れている甘味処から四〇〇メートルほど離れた場所にある《四重の塔》と呼ばれる場所である。

四つの屋根が折り重なるようにして造られたこの塔は、アメッチの観光名所として知られていた。

《四重の塔》の最上階には、クロノスから放たれた刺客(しかく)が待機していた。

（……あの少年が今回のターゲットというわけですね）

袴姿で弓を構えて、アベルの様子を窺う少女の名前はカナリアといった。

二年前に幹部入りしたばかりの、十代後半のポニーテール少女であった。

組織が彼女に与えた番号は【Ⅸ】。

【ナンバーズ】の中でも、誰よりも真面目な彼女は、冷静かつ、着実に暗殺任務を遂行することで知られていた。


（距離は三町と十五丈。風向きは東南より二メートルといったところでしょうか……）


手で作った輪を目に当てて、カナリアは目測でターゲットまでの距離を測る。

弓という武器の特徴は、なんといってもその繊細さにある。

これほどまでに使い手の技量によって、性能の変わる武器を他に探すのは難しいだろう。

素人が扱えば、普通に矢を射ることすらもできはしない。

更に難しいことに、ターゲットまでの距離、風向き、天候によって、使用感は大きく変わってくるのだ。

（……全ての条件は満たされました。絶好の暗殺日和です）

鞄の中から一本の矢を取り出したカナリアは、刻印魔術を施していく。

カナリアの使用する武器は特別製だ。

これは《破魔の矢》と呼ばれる彼女の一族に伝わる固有のものである。

樹齢一〇〇年を超える大木から切り出すことによって作られたこの矢は、通常の矢と比べて魔力の伝達力に優れている。

銃と比較をして、弓という武器の優位性は、刻印魔術の効果を最大限に享受できるという点にあった。

（この弦を引けば、一秒としないうちに、彼の首を撥ね飛ばすことができるでしょう）

彼女の放つ矢は、音の伝達スピードよりも、遥かに高速で飛んでいくことで知られていた。

幾重にも施した刻印魔術は全て、攻撃スピードを上げることに特化している。

カナリアに弓を向けられて、逃げ延びたターゲットは今までただの一人だって存在しなかった。

（不思議です……。お姉さまは一体、あの少年の何処をそこまで警戒しているのでしょうか……？）

その時、カナリアの脳裏を過ったのは、ここに来る前日に師匠であるミュッセンから受けたアドバイスであった。

『よく聞くのよ。カナリア。あの子は……。あのアベルという男は普通ではないわ……。この任務は絶対に失敗する。だから、いざという時は、自分の命を最優先に動きなさい』

ミュッセンは、凄腕の魔術師だ。

クロノスに所属する前から、カナリアにとっては憧れの存在であった。

だからこそ、アベルという少年には否が応でも対抗心を燃やしてしまう。

滅多に他人を褒めることのないミュッセンが認めるアベルは、カナリアにとっては嫉妬の対象であった。

「鷹眼のカナリア。推して参ります！　お命、頂戴（ちょうだい）！」

狙ったのは、料理が運ばれてきて、ターゲットの気が緩んだと思われる絶好のタイミングだ。

シュオオンンンンンンン！

螺旋（らせん）の軌道を描いて飛んでいった矢は、アベルたちが食事を摂（と）っている甘味処に向かって強襲する。

「――――ッ⁉」

異変が起こったのは、その直後であった。

狙った通りに飛んでいた矢は、どういうわけかターゲットの顔面付近で静止することになる。

ターゲットが手にした箸（はし）で矢を挟んだことに気付くまでには暫（しばら）くの時間を要した。

（あ、あり得ない……！　最初から私の存在に気付いていたというのですか……!?）

そうでなければ、この攻撃を止められるはずがない。
音速を超えるスピードで飛来をする攻撃を防いだこともそうだが、四〇〇メートル遠方からの射出に気付いていたことに驚きを禁じ得ない。

「なっ。消え……!?」

同行している学生たちのテーブルから、いつの間にかアベルの姿が消えていた。
カナリアが動揺（どうよう）している間にアベルが移動を始めていたのである。

「鷹の眼！」

カナリアは極限まで集中力を高めて、周囲の様子をくまなく観察する。
彼女の眼は特別だ。
魔力を込めて強化しなくても二キロ先までの景色を見通すことができる。

人並外れた視力と、極限まで矢のスピードを速めることを可能にする付与魔法。

この二つが暗殺者として持っているカナリアの武器であったのだ。

（落ち着け。ここで焦っては、全てが水の泡です。敵はまだ、そう遠くには行っていないはず……！）

狩りの際に肝心なのは、想定外の出来事が起きても決して取り乱さないことである。

仮に、一本目の矢を外したとしても、二本目の矢で仕留めれば帳尻を合わせることができるのだ。

ハンターとしての力量が試されるのは、一撃目より、二撃目にある。

人間を狩るのも、獣を狩るのも同じことだ。

家庭の事情で、幼少期のころより、弓の扱いに関して過酷な訓練を積んでいたカナリアには、いかなる事態が起きても動じない鋼の精神力を有していたのである。

「俺に何か用か？」

「――――ッ⁉」

背後から声をかけられ、振り返ったカナリアは絶句していた。

（一体、何故⁉　この場所が⁉）


カナリアが狙撃のポイントとして選んだのは、《四重の塔》の最上階の屋根の上である。

地上からの距離は優に四〇〇メートルは超えているだろう。

カナリアが一本目の矢を放ってから、経過している時間は十秒にも満たないものなのだ。

この短時間のうちにアベルが《四重の塔》の最上階にまで、到達できた理由がカナリアには分からなかった。


（でも、この距離なら！）


この状況はカナリアにとってピンチでもあり、チャンスでもあった。

ターゲットとの距離は二メートルを切っている。

矢という武器は、至近距離であるほど、威力・スピードを向上させることができるものなのだ。

「破魔の矢！」

素早く体勢を立て直したカナリアは、足元に隠していた矢を弾く。

この間、僅か〇・五秒。

人間の反射速度では、音速を超えるスピードで飛来する矢を避けることは不可能である。

少なくともカナリアは、今の今までそういう風に考えていた。

「ふむ。流石にこの距離だと、少し迅いな」

「…………!?」

だからこそ、今、目の前で起きている光景を受け入れることができない。

どういうわけか目の前の少年は、破魔の矢を人差し指と中指に挟んで、攻撃を防いでみせたのである。

「惜しいな。どんなに矢が速くても、射るまでのスピードが凡庸だと、途端に興ざめというものだ」

目の前の少年は、カナリアの攻撃を冷静にそう分析していた。
あり得ない。
攻撃が来ると分かっていても、反応できない距離というものがある。
この攻撃はいうなれば不可避のものなのだ。

「さて。今度はこちらが攻撃する番だな」

冷たく呟いたアベルは、手にした矢を投げ返す。
手首のスナップを利かせて、投擲された矢は、カナリアが弓を使って全力で攻撃した時と同じか、あるいはそれ以上の速度を誇っていた。

ヒュオオンン！

手投げであることが信じられないスピードで飛来する矢は、カナリアの耳元を掠めて、遥か遠く、地平線の彼方にまで消えていく。

「アハハ……。ハハハ……」

その時、カナリアの頭の中にあったのは、底知れない怪物の尾を踏んでしまった後悔の感情だけであった。

遅蒔きながら、規格外の怪物と対峙しているということに気付いたカナリアは、すっかりと戦意を喪失させることになるのだった。

第八話
EPISODE 008
恋人のようなもの
The reincarnation magician of the inferior eyes.

色々あって、修学旅行の一日目が終わりを告げようとしていた。

ふう。

懸念していたクロノスの連中であるが、やはり、現状の俺にとっては取るに足らない相手であるようだ。

道中で出会った刺客たちを首尾良く追い返してやりながらも、観光を続けていると周囲の景色はすっかりと夜になっていた。

でだ。

食堂に集められた俺たちは、事前の予定通りに夕食を摂ることになっていた。

「うおお！　これがアメツチの料理なんスね！　ウマい！　激ウマッス！」

テッドの言う通り、料理の質自体は悪くない。

中でも、茶碗の中に入れられた卵料理は、個人的に興味をそそられた。

これは、一体なんという料理なのだろうか？

王都に戻ったら、調べてみることにしよう。

「へえ。田舎臭い味付けが気になるが、アメッチ料理、なかなか悪くないじゃないか」

「ああ。思っていたよりも悪い国じゃないよな。アメッチは」

周囲の生徒たちの中でもアメッチ料理は、概ね好評のようである。

何かと口うるさい貴族たちが黙るくらいなのだから、アメッチの文化レベルは相当に高いのだろう。

だがしかし。

先程から一つだけ、個人的に気掛かりなことがあった。

「いいかぁ！　貴様ら！　旅行だからといって、ハメを外すなよ！　不純異性交遊は言語道断！　許されない大罪だからな！」

それがこの男である。

食事の最中、見回りに来て、耳にタコができるような頻度で注意喚起を繰り返すのは、体育教師のカントルである。

今現在、食堂の中にいるのは、男子生徒のみであり、女子生徒たちの姿はどこにもなかった。

男子と女子が分かれて、食事を摂ることを強要されているのだ。

せっかくの食事も、暑苦しくて品のない体育教師の罵声と一緒だと、興が削がれるというものである。


「おい。聞いたか。例の噂？」

「ああ。去年の先輩たちがやらかして、取り締まりが強化されている話だろ？　まったく、迷惑な話だよな」


ふうむ。

周囲の会話から推測するに、どうやら男女で分かれているのは、去年の生徒が問題を起こしたことに関係しているようだな。

不純異性交遊か。

個人的には、男女の恋愛くらい大目に見てやっても良いと思うのだが、貴族の子息が通う学園である以上、野放しにしていられない部分もあるのだろう。

まったくもって、くだらない問題である。

「カンちゃん！　勘弁してくれよ！　せっかくの旅行なのに女の子たちと喋れないなんて、切なすぎるぜ！」

「ええい！　ダメだ！　ダメだ！　今後、いかなる理由があろうとも、夜間の女子との接触は禁止！　絶対に禁止だぞ！」

「「ええぇ〜！」」

カントルに釘を刺された男子生徒たちは、悲鳴にも似た声を漏らす。

やれやれ。

夜間に女子と話せなかったところで、別に命を取られるわけではないだろうに。

こんな下らないことで一喜一憂できるとは、ある意味では羨ましい連中だ。

相変わらずに、この学園は平和なようである。

～～～～～～～～～～～～～～～


でだ。時刻は進んで夜の九時。

便宜上は既に消灯の時間となっているはずなのだが、血気盛んな若い男連中が素直に就寝に応じるわけがない。


「なあなあ。で、お前は誰が好きなんだよ」

「バカ！　そんなのいねーよ。お前の方こそ、どうなんだよ？」

「ふふふ。ソイツは教えられねえな」

「自分から言い出したくせに！　そりゃないぜ！」


俺のいる男子部屋は、そんな低俗な会話が繰り広げられていた。

やれやれ。参ったな。

先程から床についているのだが、一向に眠気が襲ってくる気配がないのだ。

どうにも俺は見ず知らずの他人が隣にいると、満足に睡眠が摂れない性分であるらしい。

今回はテッドが別部屋に配置されているので、余計にアウェイな感じである。

「しかし、ウチのクラスの女子って何気にレベルが高くないか?」

「ああ。そこに関しては同感だな」

どうやら男子連中は、女子たちの容姿について高く評価しているようだ。

おそらく、エリザ、ユカリといった面々が平均レベルを押し上げているのだろう。

普段はあまりクラスの男子と交流する機会がないので、この手の下世話な会話は新鮮な気分である。

「なあ。今から、女子の部屋に行くのってアリかな?」

「おいおい。そんなことバレたら、ヤバいことになるんじゃないのか⁉」

「大丈夫。さっき、廊下を通った時に聞いたんだけどさ。隣の部屋の連中も女子の部屋に行くつもりらしいぜ」

「マジかよ! それなら大丈夫なのかなあ」

「…………」

おいおい。

コイツらは一体、何を根拠に大丈夫と言っているのだろうか。

集団で行ったところで、ルール違反はルール違反だろう。

関与した人間が増えたところで、罪が軽減されるわけではないと思うのだが……。

「なあ。アベル。よければ、お前も行くか？」

「…………？」

一瞬、自分が何を言われているのか分からなかった。

俺が？？？　行くのか？？？

二〇〇年前の時代に比類なき魔術師と呼ばれた俺が、小娘たちの部屋に夜這い(よばい)の真似事(まねごと)を？

まったくもって、バカバカしいにも程があるぞ。

「悪いが、俺は不参加だ」

なんにせよ、うるさい連中が部屋からいなくなってくれるのは好都合である。
今回のことは、睡眠のチャンスと捉えることにしよう。

「あのなぁ、アベル。そういうところだぞ！」

通常であれば、ここまでハッキリと断れば、引き下がるのが当然というものだろう。
だが、予想外の反応だった。
どういうわけか男の一人が、俺に対して食い下がってきたのである。

「お前には、協調性っていうものがないのかよ！　たしかにお前は、学校の勉強はできるかもしれない。けどな、お前のような協調性のない人間は、社会に出ても通用しないんだぞ!?」

「…………」

一見、滅茶苦茶(めちゃくちゃ)に聞こえるが、この男の主張にも一理あるのかもしれないな。
女子部屋に侵入することが協調性の獲得に繋(つな)がるのかという部分に関しては、まったく筋が通っていない理屈なのだが――。

今まで俺が、意図的にクラスの連中との交流を避けてきたという部分は事実である。

気心の知れた人間とだけ一緒にいるのは、居心地が良いのだが、それだけでは自身の成長を促すことはできない。

たまには、今まで絡んだことのない生徒たちとコミュニケーションを取ってみても良いのかもしれない。

「分かった。そこまで言うなら協力してやらんこともない。えーっと。お前の、名前は……」

「ザイルだよ。お前、クラスメイトの名前くらい、いい加減、憶えろよな！」

「ふむ。すまなかったな。ザイル。次からは気を付けることにするよ」

少し、驚いたな。

俺が今まで他人の名前を憶えていなかったのは、憶えたところで、ロクに会話をすることはないと踏んでいたのだ。

二〇〇年前の時代、俺の持つ琥珀(こはく)色の眼は差別と迫害の象徴であった。

時代は流れ、琥珀眼は恐怖の対象からは外れたものの、今度は侮蔑(ぶべつ)の対象となっていたのである。

「おいおい。劣等眼に声をかけるとか、正気かよ……!?」

「長い付き合いになるけど、ザイルの気持ちだけは分からねえわ」

その証拠にザイルの取り巻きの男たちは、次々と不満を口にしているようだ。

俺にとっては、こういう対応の方が安心感を抱いてしまうのが、なんとも悲しいところである。


〜〜〜〜〜〜〜〜〜〜〜〜〜〜


まったく、人生というのは、何が起きるか分からないものである。

二〇〇年前、『比類なき魔術師』と呼ばれたこの俺が、夜這いのようなことをすると予測していた人間が、果たしてこの世界にいただろうか?

ともあれ、参加すると決めた以上は、可能な限りで男連中に協力するのが、筋というものだろう。

まず、必要なのは、事前に計画を定めておくことである。

部屋の中で作戦を立てた俺たちは、さっそく外靴に履きかえて目的の場所に足を運ぶことにした。

「見えたぞ！　あそこにあるのが、女子たちのいる西館だ！」

男の一人が指さした先にあったのは、女子たちが寝泊まりをしている西館であった。

ザイル曰く。

去年までは男子も女子も部屋が別というだけで同じ建物にいたのだが、去年の学生たちが起こした不純異性交遊の問題が発覚してから状況は一変。

それぞれ別の建物に滞在することを余儀なくされたのだが。

「クソ～！　許せないよな！　センコーども！　オレたちの楽しみを奪いやがって！」

「だいたいよ～。カンちゃんにしても、フェディーア先生にしても自分がモテないからって、僻んでいるところがあるよな！」

「まったくだ。カンちゃんはともかく、フェディーア先生は、黙っていれば美人なのに勿体ねえよなあ！」

隣を歩く男子たちが他愛のない会話を繰り広げている。

相変わらず品のない会話であるが、年頃の男子らしい、コミュニケーションの図り方ともいえる。

もしかしたら『社会に馴染む』というのは、こういった出来事の積み重ねなのかもしれない。

せっかくの機会だ。

今日は『普通の男子』というものを、とことん勉強させてもらうことにしよう。


「なあ。アベルって、彼女とかいないのか？」

「彼女とは、恋人という意味か？」

「当たり前だろ。他にどんな意味があるっていうんだよ」

「…………」


ザイルに聞かれた俺は、改めて自分の置かれている環境を整理してみる。

恋人か。

強いていうなら、リリスが近い位置になるのだろうか。

しかし、俺たちの関係は、世間一般的にいう恋人とは少し違う気がする。

たとえるなら、そうだな。

互いに人生における目的の一部を共有した戦略的パートナー、というのが腑に落ちる言い回しになる。


「恋人はいないな」

「えっ。マジで？」

「アベルってオレたちの仲間だったのか!?」

「…………」


俺の、思い過ごしだろうか？

正直に状況を伝えてやると、男たちは急に馴れ馴れしくなったような気がする。


「だが、恋人のようなものはいるな」

「「「ようなもの!?」」」

「…………」

俺の、思い過ごしだろうか？

更に詳細な状況を伝えてやると、途端に男たちの表情が険しいものになったような気がする。

「なあ。『恋人のようなもの』ってことは、既に大人の関係っていうことだよな？」

「チクショー！　結局、世の中、顔なのかよ⁉」

何やら色々と邪推されているようだ。

その後、男たちから様々な質問が挙がってきたが、適当に言葉を濁しておいた。

流石に俺とリリスの関係について、コイツらに話すわけにはいかないからな。

「ここから先は男子禁制の空間だ！　総員、心してかかるように！」

「「ラジャー！」」

ザイルの掛け声と共に俺たちは、女子たちのいる西館に侵入を開始する。

ふむ。

外観を見た時から、薄々と気付いていたのだが、どうやら俺たちのいる東館とウリ二つの造りをしているようだ。

おそらく、別クラスの引率をしているリリスも、この建物の中にいるのだろう。

「……ですから、気を付けて下さい。あの連中、何やら、良からぬことを企てているようですから」

「そうですか。それはご丁寧に報告ありがとうございます。カントル先生」

玄関を抜けて、ロビーの方に足を伸ばすと、何やら馴染みの顔がそこにあった。

そこにいたのは浴衣姿で、ソファの上でくつろぐフェディーアといつものジャージを着たカントルであった。

「ふふふ。実を言うと、偶然にも廊下を通りかかった時に聞いてしまったのですよ。一部の生徒が、今晩、女子寮に侵入する計画を企てているようです。まったく、この年頃の男連中ときたら聞き分けが悪くて、けしからんですなあ」

何やら得意気に語るカントル。

会話の内容から察するに、カントルが男子生徒たちの動向をフェディーアに告げ口をしているようだった。

「ゲェッ！　カンちゃんの野郎、オレたちのことを売るつもりか！」

「信じられねえ！　オレ、カンちゃんのこと信じていたのに！」

カントルの裏切り（?）を知ったザイルたちは、取り乱しているようだ。

あの男の何処に信頼に足る要素があったのか、個人的には問いただしたい気分である。

「どれどれ。去年の不純異性交遊の事件もありますし。オレの方からも、女子たちに注意喚起をしておきますかな」

「その必要には及びませんよ。カントル先生」

ごくごく自然な足取りで、女子たちのいる部屋に向かおうとするカントルの服の袖をフェディーアが引っ張った。

「ワタシがこのロビーを見張っている限り、ネズミの一匹たりとも侵入できませんから。先生はどうか、ご自分の持ち場に戻って下さい」


おそらくカントルの中の下心を察したのだろう。

フェディーアの眼差しは、いつにも増して冷たいものになっている気がする。

事態が急変したのは、俺がそんなことを考えていた直後のことであった。


「何者だ！　そこに誰かいるのだな！」


むう。どうやらフェディーアに存在を勘づかれてしまったようだな。

誰かが大きな失態を犯したというわけではない。

気配の消し方が素人丸出しだったのが原因だろう。

愚鈍なカントルはともかく、ストイックな性格のフェディーアの目は、誤魔化せなかったようである。

「観念しろよ。ネズミたち！　このワタシが懲らしめてやろう！」

俺たちの存在に気付いたフェディーアは、こちらに向かって歩みを進めていた。

「おい！　隠れるぞ！」
「隠れるって、一体どこに行けばいいんだよ⁉」

俺たちのいるホテルのロビーには、これといって目立った障害物は何もない。
このままいくと、教師たちに発見されるのも時間の問題というものだろう。
万事休す。
この状況は所謂、袋の中のネズミというやつだろう。
やれやれ。
本来であれば、コイツらのことを助ける義理はないのだが、乗りかかった船だ。
あまり気が進まないのだが、ここは力を貸してやるとしよう。

プチリッ。

隠れる場所がないのであれば、強制的に視界をシャットダウンさせてやれば良い。

そう考えた俺はホテルのロビーの照明システムを解析。

電源を落として、仲間たちのサポートを行うことにした。

瞬間、世界が暗転する。


「な、なんだ……!?　停電か……!?」


俺にとって、この宿のシステムを掌握（しょうあく）するのは赤子の手を捻（ひね）るより容易（たやす）いことである。

この宿と比べると、以前に訪ねた《機械仕掛けの時計塔（クロックタワー）》のシステムは、それなりに凝（こ）った作りになっていたことが分かるな。


「よし。逃げるぞ」

「あ。ああ……！」


これだけ視界が悪くなれば、特定は不可能だろう。

今回の件に懲りて、男連中も変な気を起こさないでくれると助かるのだが……。

世の中には因果応報という言葉がある。

やはり、ルールを破って、女子の部屋に忍び込もうとしたのが間違いだったのだろう。


〜〜〜〜〜〜〜〜〜〜〜〜〜〜〜〜〜

などと思っていたのだが、人生とはままならないものである。


「ふふふ。引き返すなんて選択肢はないだろ？　この状況は神様がオレたちにチャンスをくれたんだろうが！」

「今こそ、乙女の花園に進軍する好機だぜ！」


それというのも、なまじ助かってしまったばかりに男たちが謎の強気ムードに陥ってしまったからである。

やれやれ。

こんな風になるのならば、最初から助け船を出さずに見捨てておいた方が良かったのかもしれないな。

「待てえええ！　不純異性交遊は言語道断だー！」

俺たちの背後から大きな腹を揺らしてドシドシと足音を立てて追いかけてくるのは、体育教師のカントルであった。

「ひぃ！　どうして、こうなった⁉」

「お前のせいだぞ！　オレは部屋の中で、大人しくしていようって言ったんだ！」

やれやれ。

言い争いをするくらいなら、最初から大人しく引き返しておけば良いものを。

追いかけてくる相手が愚鈍だからこそ、幸いにも顔バレはしないで済んでいるのだが、この状況が続けば最悪の事態も覚悟しなくてはならないだろうな。

「ふふふ。このワタシから逃げられると思ったか！　成敗してくれる！」

おっと。

先回りをしてきたフェディーアが、俺たちの行く手を塞いできたようだ。

カントルはともかく、フェディーアを相手に逃げ切るのは、コイツらには荷が重いような気がする。

前門のフェディーア、後門のカントル。

状況は絶体絶命というわけだな。

「おい！　このままだと挟み撃ちだぞ！　どうするんだよ！　アベル！」

助言を求められたので、俺なりに現状を分析して最適解を導き出してやることにした。

「そうだな。俺なら、こうする」

ふむ。ちょうど良いところに、ちょうど良いものがあるようだ。

その時、俺は廊下の曲がり角の窓ガラスが開いているのを発見する。

「「「…………!?」」」

次に俺の取った行動は、ある意味では仲間たちを冷たく突き放すものであった。
夜風が肩を切り、俺の体はフワリと宙に浮く。
ここぞとばかりに俺は、廊下の窓から、地上に向かって飛び降りることにしたのだ。

「嘘だろ……!?　ここ、三階だぞ!?」
「クソおおお！　裏切りものおおお！」

一緒にいた男たちの怨嗟の声が聞こえてくる。
ふむ。
どうやらアイツらの中には、窓から飛び降りる勇気のある人間はいなかったらしいな。
日頃から体を鍛えておかないから、不測の事態に対応できないのだ。
悪いが、これに関しては、自業自得というやつである。
さて。

他の連中はともかく、幸いにも俺は逃げられたようだからな。
誰にも見つからないうちに、有り難く退散させてもらうことにしよう。

「何をやっているのですか。アベル様……」

声をかけられたのは、俺がそんなことを考えていた直後のことであった。

「リリスか」

どうやら最悪のタイミングで、最悪の人物に出会ってしまったようだ。
他の教師ならともかく、リリスの前で言い訳をするのは、逆効果のような気がする。

「……驚きました。忍び込んだ男子生徒を探すよう、他の先生から言われていたのですが。まさか、アベル様が犯人だったなんて」

この状況を俺のことをからかう好機と捉えたのだろう。

俺を見つけたリリスは、いつも以上に悪戯っぽい表情を浮かべていた。

「これは単なる戯れだ。別に他意は――」

「ワタシに会いたいのでしたら、そのように仰って下さいよ。アベル様がいつ会いに来ても良いように準備をしていましたのに」

「？？？」

コイツは一体何を言っているのだろうか。

俺が西館を訪れたのは、クラスの男子との付き合いの上でのことであり、別にリリスに会うためではないのだ。

「もしかして、別の目的があったのですか？」

リリスの目つきが少し冷たくなる。

その様子は、心なしか不機嫌になっているようにも見受けられた。

「他の娘に会うために、わざわざ夜這い（よばい）のような真似（まね）を？」

棘（とげ）のある言葉でリリスは追撃をする。

「いや。うん。そうだな。無論、お前に会うためだぞ」

面倒ではあるが、仕方があるまい。

ここはリリスの話に合わせた方が、何かと都合が良さそうである。

「…………！」

異変に気付いたのは、俺がそんなことを考えていた直後のことであった。

視（み）られているな。

少し遅れて、リリスも敵の気配に気付いたようだ。

「ここは少し冷えますし、場所を変えて話しましょうか」

「ああ。そうだな」

昼間に襲撃にしてきた連中の仲間だろうか。

視線を感じるが、この無機質な感じは、生物のものではないな。

おそらく魔道具の類を使用しているのだろう。

いずれにせよ、会話を聞かれている可能性がある以上、場所を移した方が良さそうである。

「目障りな連中ですね。ワタシの方で処分しておきましょうか?」

「いや。手出しは無用だ。奴らは暇潰しにちょうどいいからな。暫くの間は、遊ばせてもらうことにするよ」

今日の様子を見た限り連中は、無関係な生徒たちを巻き込むような素振りはないようだからな。

相手の狙いが俺一人であるのならば、適当に泳がしておいても特に問題ないだろう。

「嬉しいです。今夜は一晩中、アベル様といることができそうで。たくさん不純異性交遊をしましょう」

「……言っておくが、お前は本来、取り締まる立場の人間だからな」

教師であるリリスが積極的に生徒を誘惑するのは、本末転倒というものだろう。

第九話

EPISODE 009

イーロンの憂鬱

The reincarnation magician of the inferior eyes.

一方、時刻はアベルがリリスに発見される四時間ほど前に遡ることになる。
ここは、アベルたちが宿泊している旅館から、一キロほど離れた簡易宿泊施設の中である。
施設の中には、無数のモニターが備え付けられており、撮影用の魔道具によって、アベルのいる宿の様子を二十四時間体制で映し出せる仕組みになっていた。

「バカな……！　ブルーノとカナリアがやられただと……!?」

部下からの報告を受けて、串団子を片手に唖然とした表情を浮かべる男は、イーロンである。

「それは確かな情報なのか？」
「はい。実を言いますと、先程二人からは、こんなものを受け取りました」

「…………!?」


差し出された書類を目にして、イーロンは更に目を丸くすることになる。

それは紛れもなく二人の直筆の文字で書かれた『辞表』であった。


（おいおい。この負け方は普通ではないぞ……。完全に心が折られているな……）


文章に目を通したイーロンは、益々頭を抱えることになる。

二人の書いた文章から滲み出ていたのは、溢れんばかりの負の感情であった。

たしかに【ナンバーズ】において、ブルーノとカナリアの二人の実力は、決して高いものとはいえなかった。

しかし、二人は、若さ故にハングリー精神の塊である。

今回の任務に二人を当てたのも、組織の中で少しでも名を揚げたいという向上心を買ってのことであったのだ。


「副隊長……。引き続き、作戦を決行致しますか？」

「待て。ここは一旦、隊長の指示を待つ」


事態は既にイーロンの一存で、決められるものではなくなっていた。

クロノスの総責任者であるリオ以外に事態の収拾を図れる者は他にいなかった。


「その必要はありませんよ」


何処からともなく、少女の声が聞こえた。

声の主が自らの上司であるリオのものであることは直ぐに分かった。

しかし、腑に落ちないことがある。

それは、一体どこから声を掛けてきているか？　ということであった。

この施設の中にはイーロンと、状況を報告に来た部下を除いて、他にはいなかったのである。


ミシッ！

ミシミシミシッ！

突如として、肉が裂かれるような音が部屋の中に響く。

目の前の男の腹が、内側から裂かれて、中から金髪の少女が現れた。

「あの少年の捕獲計画は中止です。どうやら、彼に敵意はないようです。彼は我々にとっての敵と成り得ない。とても安全な存在と認識しました」

「………」


時々、イーロンは思う。

目の前のこの女こそが、人類の敵で、自分たち組織は、彼女によって操られている駒に過ぎないのではないかと。

リオは神出鬼没の魔術師であった。

人なのか。魔族なのか。はたまた、いずれにも該当しない別種族なのか。

彼女の正体について、説明できる人間は誰もいなかった。

政府の人間も、王家の人間も、誰も彼も、リオに逆らうことはできない。

一つだけ言えることは、クロノスという組織は、リオを中心に動いており、部下である自分にできるのは彼女の命に従うことだけであった。

「了解しました。それでは、あの少年からは、手を引くということで宜しいんですか？」

「ええ。ですが、代わりといってはなんですが、新しい懸念材料を発見しました」

部屋の中のモニターはいつの間にか、アベルの隣にいる女性を映す。

「彼女は魔族です。とびきり上位の、強力な力を持った魔族であることが分かりました。野放しにしておくには、あまりに危険過ぎます」

頬に付着した血を手で拭いながらも、リオは無表情で告げる。

「彼女を消し去りましょう。世界の平和のために。組織の力で」

「…………」

上司から意図の分からない命令を下されるのは、今日が初めてというわけではない。

クロノスの副隊長の権限を使って、イーロンは、過去にこの組織で起きた事件について調べたことがあった。

組織の中でも【Ⅱ】のポストに就いた人間は、この十年で、四人ほど失踪している。

詳細な事情は不明だが、謀反を企てた、というのがイーロンの中の有力な仮説となっている。

彼女にとって、代わりとなる駒は、他に幾らでもいるのだろう。

リオに逆らうことは自殺と同じである。

新たな命令を受けたイーロンは、今日も今日とて心を無にして、リオの指示に従うことを決めるのだった。

第十話

EPISODE 010

見え透いた足止め

The reincarnation magician of the inferior eyes.

色々と面倒な一日目が終わり、修学旅行の二日目が訪れた。

二日目といっても、実質的に今日が観光の最終日となっている。

それというのも三日目は、移動が中心で、午後からは飛行船に搭乗して帰国する予定となっているからだ。

この日に俺たちが訪れたのは《時代村》と呼ばれる、アメツチの中でも特殊なコンセプトによって作られた場所であった。

一〇〇年以上前のアメツチの街並みを忠実に再現したとされる《時代村》は、昨日に訪れた観光地よりも更に文化的特徴が色濃く反映されている。

まあ、少々、作為的な部分が気にはなるが、それに関してツッコミを入れるのは野暮というものだろう。

初めから『こういう場所』だと割り切ってしまえば、楽しみ方というのも見えてくるものなのだ。

「見て！　面白そうな店があるわ！」

旅行の途中で、俺たちが立ち寄ったのは、アメッチの伝統衣装を取り扱っている衣料品店であった。

どうやらこの店は、観光客向けに廉価で、衣服のレンタルサービスを行っているらしい。

所謂、コスプレ、というやつだろうか？

せっかくの機会なので俺たちは、店員の勧めによりアメッチの衣服に着替えてみることにした。

「テ、テッドくん……。その恰好は……」

「んあ……!?　なんスか！　なんスか！　自分の恰好に何か変なところがあるんスか!?」

詳細は省くが、テッドが店員に勧められて挑戦した『チョンマゲ』というヘアースタイルが傑作だったということは明記しておこうと思う。

〜〜〜〜〜〜〜〜〜〜〜〜〜〜〜〜〜〜〜

でだ。

楽しい時間、というのは、あっという間に過ぎるものなのだろう。

一日目と同じようにアメッチの観光名所を回っていると、いつの間にか日が暮れて、夕暮れになっていた。

「今日も楽しかったわね」

「はい。個人的にエリちゃんの着物姿は眼福(がんぷく)でした」

「感激でした！　またこのメンバーで旅行に行きたいッス！」

夕焼けを背に、石造りの階段を下りながら、俺たちはそんな他愛(たわい)のない会話を交わしていた。

つけられているな。

敵の数は、ザッと見積もって数十人くらいはいそうだ。

今までに感じたことのない、邪悪な魔力の気配を感じる。

おそらく、昨日、狩り損ねたクロノスの残党だろう。

できれば、三人のいないところで決着を付けたいところである。


「あれ……？　今、水が当たりませんでした？」

「え？　本当？」

「うわっ。冷たっ！　首の裏に水滴が当たったッス！」


ふむ。どうやら天候が怪しくなってきたみたいだ。

アメッチは天候が変わりやすい土地柄だと聞いていたのだが、本当になんの前触れもなく降り出してきたようである。


「運が良かったですね。ちょうど迎えのバスが来るところのようです」

「た、助かったッス～！」

「うわ～ん。もうズブ濡れよ。部屋に戻ったら、シャワーを浴びないと」


車輪で水滴を弾き上げながらも、俺たちの前に一台の車が停車する。

アメツチでは『自動車』と呼ばれる、魔法石を燃料とした車が広くに普及しているのだ。

一部からは『辺境の島国』『水田と山しかない田舎』と揶揄されるアメツチであるが、その実態は大きく異なっている。

少なくとも交通の面に関しては、未だに馬車が日常的に使われている俺たちの国よりも、遥かに文化水準が高いといえるだろう。


プシュウウウウウウ。


魔石燃料を燃やす独特の音と共にバスの扉が開かれる。

テッド、エリザ、ユカリの三人は雨から逃げるようにして、バスの中に乗り込んでいく。

俺はその動きには追随しない。

扉の前で立ち止まり、クルリと踵を返すことにした。

「すまないが、忘れ物をしたみたいだ。先に宿に戻っていてくれ」

「えっ……!?」

困惑するエリザを尻目に扉が閉まり、バスは魔石燃料を燃やして発進する。
ふう。
このタイミングで雨が降り出してきてくれたのは、俺にとっても幸運だったな。
神社の麓にあるバス停には、俺以外の姿はどこにもない。
都合良く、人払いをすることができたようだ。
人気のないこの場所でなら、存分に戦うことができるだろう。

「いるんだろ。出てこいよ」

様子見がてら誘いの言葉をかけてみる。
すると、道路の下の雨によってぬかるんだ地面から、人影が出現する。
ふうむ。
あの風貌、人ではないな。
黒眼系統の魔術によって作られた人形の類だろう。

バシンッ！

試しに風の魔法を当ててみると、四方に泥が散らばり、人形の首から上が吹き飛んだ。
ふう。
随分（ずいぶん）と脆（もろ）いな。
しかし、同時に厄介（やっかい）な性質を持った人形のようである。
泥で作られた人形は、即座に体を再生させて、ムクリと立ち上がってくる。
この勝負、思いのほか、長期戦になるかもしれないな。

「ブラボー！　いや、実にブラボー！」

聞き覚えのある男の声と共に木陰から一人の男が顔を出す。
ふむ。
この男はたしか、《機械仕掛けの時計塔（クロックタワー）》で出会ったやつだな。
名前はたしか、イーロン、とかいったか。
俺の記憶が正しければ、クロノスの副隊長を務めている男のはずである。

「アベル君。やはりキミは素晴らしい。流石(さすが)は、ワタシの部下たちをあしらっただけのことはある」

最初は部下たちの報復に来たのかと思ったのか、どうにも様子がおかしいな。
男の声音(こわね)には、怒りの感情が見られない。
それどころか何処(どこ)か投げやりで、開き直った雰囲気(ふんいき)すら感じられた。

「さて。部下の不始末を拭(ぬぐ)うのも上司の役目だ。ワタシと手合わせを願えるかな?」

イーロンが告げたその直後、男の周囲に無数の小さな球体が浮かび上がる。

「――クロノス社特製の魔道具。流星九球(ナインボール)。ご賞味あれ」

見たことのない魔道具だ。
少なくとも以前に工場で見た量産品とは質が違う。
前にエマーソンが話題に上げていたオーダーメイドの魔道具、というやつだろうか。

戦闘にまで自社の製品を持ち出してくるとは、大した愛社精神である。

「天の裁きを受けよ！　流星秘弾（スペースエックス）！」

声高に叫んだその直後、合計九個から成る球体が俺に向かって飛んでくる。
その様子はさながら、夜空から降ってくる流星を見ているかのようであった。
ふむ。
どうやら今回の戦闘では前後に気を払って戦う必要があるようだ。
男が魔道具を放つのと同時に、背後から無数の敵の気配を感じた。

「「「ウヴォアアアアアアアアア！」」」

前方からは、新種の魔道具。
後方からは、件（くだん）の泥人形で攻めてくるつもりか。
目の前の男は翡翠眼（ひすいがん）。
風属性を得意とする魔術師だ。

この泥人形を作ったのは、別の魔術師の仕業（しわざ）と考えるのが妥当（だとう）だろう。

相当にレベルの高い使い手だ。

これほどの魔術師が、現代に残っていたことに驚きを禁じ得ない。

等身大の人形を遠隔かつ、大量に操作するのは、相当の技量を必要とするのである。

「答えろ。お前の、お前たちの目的はなんだ？　どうして俺を付け狙う？」

敵の魔道具を指の間に挟んで受け止めた俺は、気まぐれで質問を投げてみる。

不可解だったのは、敵の攻撃に俺を殺そうという気概（きがい）がまるで感じられないことであった。

見え透いた足止めだ。

コイツらの目的が時間を稼（かせ）ぐことにあるのだとしたら甚（はなは）だ不愉快である。

「ふふふ。まさかとは思っていたが……。オレの秘術をこうも、アッサリと受け止めてくれるとはな」

渾身（こんしん）の一撃を防がれたイーロンは、何処か自虐（じぎゃく）的な表情を浮かべる。

「それはこちらの台詞(せりふ)だよ。アベル君。キミは何者なんだ？　一体、どこで？　どうやって、その力を手に入れた？」


やれやれ。

質問に対して、質問で返すとは面倒なやつだな。


「答える気がないなら、お前の脳に直接聞かせてもらうぞ」


気になるな。

おそらく、この男は何者かの命令を受けて、俺を足止めするつもりでこの場に来ているのだろう。

仕方がない。

この男を利用して、裏で糸を引いている人物を炙(あぶ)り出してやるとしよう。

第十一話

EPISODE 011

魔女との邂逅

一方、時刻は、アベルたちが宿舎に戻るためにバスに乗り込もうとする十分ほど前に遡（さかのぼ）ることになる。

ここはアベルたちが宿泊している施設から、少し離れた人気（ひとけ）のない小川の傍である。

（……この辺りなら、生徒に危害が及ぶことがないでしょうか。厄介（やっかい）な相手に目を付けられたみたいです）

先程からリリスの後をつけているのは、今までに感じたことのない不穏な敵の気配である。

宿舎の中にいては、無関係な生徒たちを巻き込んでしまうかもしれない。

そう考えたリリスは人気（ひとけ）のない場所にまで足を伸ばして、戦闘の準備を整えることにしたのである。

（嫌な天気です……。今にも降り出してきそうですね……）

その時、リリスは分厚い雨雲が空を覆っていることに気付く。

リリスは雨が嫌いだった。

雨の音を聞いていると、嫌でも二〇〇年前のことを思い出してしまう。


～～～～～～～～～～～～～～


それはアベルを含めた勇者パーティーが、魔王城に攻め込んできた日のことであった。

魔力、体力、知力から生命力に至るまで、人間と魔族には、生まれながらにして覆しようのない戦力差が存在していたのだ。

当初、戦況は、魔王軍の圧倒的有利と考えられていた。

だがしかし。

そんな下馬評は覆り、魔王軍は突如として劣勢を強いられることになる。

人間でありながら、魔族と同じ眼の色を持った異質な存在――。

アベルの活躍が、勇者パーティーの躍進のきっかけになっていたのである。

「クソおおおおお！　人間風情がああああああ！」

耳を澄ませば、聞こえてくるのは、知り合いたちの魔族たちの断末魔の叫びが聞こえてくる。

少しずつ、着実に、勇者パーティーが、魔王城に攻め込んでくるのが分かった。

助けに行こうにも、幼い自分には何もすることもできない。

リリスは、その日部屋の中で、耳を塞ぎながらも布団にくるまり、ただただ息を殺して泣いていた。

コンコンコンッ！

その時、部屋の中に控えめなノックの音が響き渡る。

死神が迎えにやってきたのだと、リリスは直感的に理解した。

「おやおや。こんなところに可愛らしい子が残っていたようだね」

扉を開いてやってきたのは、二十代後半くらいの年齢をした白髪の男であった。

男の名前はカイン。
勇者パーティーのメンバーの中にあって、最も残忍な性格をしたカインは、『魔族殺し』と呼ばれて、警戒されていた人間であった。

「大丈夫。怖くないよ。ボクはキミの味方だから」

ニコリと笑うカインであったが、その瞳の奥にある残虐性は隠し切れていない。
先程まで戦いの渦中にいたからだろう。
カインが歩く度に部屋の床にポトポトと血が垂れていくのが分かった。

〜〜〜〜〜〜〜〜〜〜〜〜〜〜〜〜〜〜

雨を見る度、リリスは過去の記憶を思い出す。
しかし、これほど鮮明に思い出したのは随分と久しぶりのことであった。
おそらく原因は、追ってきている人間の薄気味悪い気配に中てられたからなのだろう。

「くすくす。化物が人間の子を庇(かば)って場所を変えるなんて……。とんだ笑い種(ぐさ)ですね」

「…………!?」

不意に背後から声をかけられる。

振り返った時、そこにいたのは白色のコートに身を包んだ金髪の美女の姿であった。

「クロノスの手のものですね。ワタシになんの用でしょうか?」

彼女がクロノスに所属する魔術師であることが直ぐに分かった。

クロノスに所属している魔術師のうち、特別に力を認められた存在は、それぞれ、コートに数値を入れることになる。

彼女に与えられた数値は、ナンバー【I(イチ)】だった。

次第にリリスの表情は強張(こわば)っていく。

数ある魔術師たちの中でも、【I(イチ)】の番号を持つ人物だけはデータにない。

二〇〇年を超える時を生きて、情報の収集に努めていたリリスにとっても、謎のベールに包まれた存在であった。

「手短に用件を話します。あの人から、手を引いて下さい」

「…………」

あの人、というのが誰を指しているのか、リリスは直感的に理解していた。

「我が主がお怒りになっています。貴女の存在は、あの人を堕落させる」

主、というのが誰のことを指しているのか分からないが、女の物言いはリリスの癪に障るものであった。

「お断りします。見ず知らずの他人にワタシたちの関係をとやかく言われたくありませんので」

「くすくす。見ず知らずの他人、とは酷い言い方ですね。私の方が、あの人との付き合いはずっと長いのですよ？」

淡々と意味深な言葉を口にした女は、地面を蹴って、リリスに向かって飛び蹴りを入れる。

彼女の動きは、現代の堕落した魔術師たちの『それ』とはレベルが違う。

並みの魔族であれば、一撃で戦闘不能の状態に陥っていただろう。

だがしかし。

リリスは涼しい顔で、攻撃を受け流す。

現時点でリリスの実力は、魔族の中でも最高ランクに位置していた。

今の十代前半のアベルであれば、互角に戦えるほどの実力がリリスには存在していたのだ。

「流石は《黄昏の魔王》の血縁者、といったところでしょうか。実に化物らしい身体能力です」

「…………!?」

女の言葉を受けたリリスに緊張が走る。

自分の正体について知っているということは、アベルの古い知り合いという話にも真実味を帯びてくる。

「……初めてです。ワタシの正体を知りながら、戦いを挑んできた人間は」

見ず知らずの他人の口から、《黄昏の魔王》の名前を聞くのは、随分と久しぶりのことになる。

誰もその名を恐れて、口にしようとしないのだ。

二〇〇年前、数多(あまた)の魔族を束ねて、人間たちの命を奪った最悪の魔王の名は、時を超えて多くの人間の恐怖の象徴となっていたのである。

「……逃げるなら今のうちですよ。ワタシはアベル様のように優しくないので。殺しますよ」

リリスは怒っていた。

自分が魔王の血族だと知ってなお、立ち向かってくるとは、思い上がりの過ぎる人間である。

現代と比べて、魔術師たちのレベルが高かった二〇〇年前の時代ですらも、《黄昏の魔王》とまともに戦える人間はいなかった。

人類史上最強の魔術師たちを集めた勇者パーティーといっても、それは例外ではない。

唯一まともに戦うことができるのは、アベルだけだ。

後は、ひょっとすると、あの日、リリスの部屋に訪れた銀髪の少年が、少しだけ善戦できるかもしれない、といったくらいのものであった。

「面白そうですね。殺してみてくださいよ」

懲りずに向かってくるので、リリスは本気で攻撃することを決める。
リリスは自らの右腕を魔物のそれに変化させると、女の首を弾くようにして、殴り飛ばすことにした。

会心の一撃。
確実に、首の骨が折れた感触がリリスの手の中には残っていた。
女の体は宙を舞い、雨水を含んだ泥の中を転がった。
人間であれば即死、魔族であっても致命傷を避けられない攻撃のはずであった。

「痛いじゃないですか。今の、効きましたよ」

だからこそ、リリスは目の前で起きている光景をどう受け止めて良いものか分からずに困惑していた。

どういうわけか女は、首の骨が折れているのにもかかわらず、ピンピンとした様子だったのである。

「貴女(あなた)、人ではありませんね？」

「それはお互い様なので、言いっこなしですよ」

今の攻撃で確信した。目の前にいる女は人ではない。

しかし、かといって魔族(どうぞく)でもない。

初めて相対する種類の生物だ。

リリスの表情が次第に強張(こわば)ったものになっていく。

「はい。捕まえましたよ」

「…………ッ!?」

突如として、リリスの足首に何やら生暖かい感触が這(は)いよってくる。

泥で作られた細長い、蛇のような生物だ。

目の前の女は黒眼だった。

物質の操作、生産を得意とする魔術師である。

先程から地面から湧き上がってくる、この蛇のような生物は、彼女の魔術で作られたものなのだろう。


「さあ。《黄昏の魔女》よ。その真の姿を現しなさい」


泥で作られた蛇は、次第に力を増して、リリスの四肢から自由を奪っていく。

魔族とは生まれながらにして、人間の姿と魔物の姿を併せ持った生物である。

リリスは魔物の姿を使うことが嫌いだった。

その姿は酷く、醜い。

自身の魔物の姿を見るたびにリリスは、自己嫌悪に陥ることになる。

だがしかし。

このまま人間の姿で戦っても、劣勢を強いられることは必至である。

リリスは、暫く封印していた魔物の姿に変化する決断を迫られていた。

〰〰〰〰〰〰〰〰〰〰〰〰〰〰〰

それから。
襲い来る泥人形を蹴散らした俺は、宿屋に向かって移動を続けていた。
ぬかるんだ地面を蹴っている最中、思い出すのは、戦闘の直後にイーロンが口にした言葉であった。

「……参った。オレの負けだ」

力の差を示してやると、その男、イーロンは早々に負けを認めることになった。

「確かにお前は強いよ。それは認めよう。だが、お前がいくら強かろうが、ウチの隊長の足元にも及ばねえぜ？　オレには確信がある」

「…………」

目的を尋ねた時、イーロンが口にしたのはリオという上司の名前であった。

イーロンは現代魔術師としては、それなりに戦える人間だ。

優れた魔術師というのは、同時に相手の力量を図る力を有している。

この男がそれほどまでに恐れ、評価している人間がいるのか。

個人的に興味が湧いてくる話である。


「察しの通り、オレの目的は足止めに過ぎん。ウチの隊長は、お前の連れの、リリスとかいう女のことを警戒していた。気を付けた方がいいぜ」


ふむ。リリスに限って、敵に遅れを取ることはないと思うのだが、用心をするのに越したことはないか。

リリスは、最高クラスの実力を持った魔族だ。

これまで戦ってきた現代魔術師の実力を考えると、十人で同時に攻めてきても一蹴(いっしゅう)できるレベルの力がある。

現時点ではリリスが苦戦をしている光景は、正直まったく想像のできないところではあるんだよな。

でだ。
宿舎に戻ってみると、魔力の濃度がケタ違いに高い場所があるのを発見する。
片一方は、リリスの魔力であるようだ。
しかし、もう一方の魔力に関しては、まるで心当たりがない。
驚いたな。
これほど凶悪な魔力の持ち主は、俺のいた二〇〇〇年前の時代にもいなかった。

〜〜〜〜〜〜〜〜〜〜〜〜〜

ピシャンッ！　ズゴゴゴゴゴゴゴッ！

その時、近くを流れる小川の付近に雷が落ちるのを確認する。
この雷は、自然に発生したものではないな。
間違いない。リリスの魔術だ。
雷の落ちた場所に向かってみると、そこにいたのは、見覚えのない金髪の女であった。

リリスはというと、完全に魔物の形態になっているようだな。

更に驚いたことにリリスは相当にダメージを受けて、疲弊(ひへい)をしているようだ。

二〇〇年以上の付き合いになるが、完全に魔物形態となったリリスを見るのは初めてだ。

俺の認識が間違っていた。

これほどまでにリリスを追いつめることのできる人間が現代にいるとは想定外である。

イーロンが言っていた『俺以上の魔術師がいる』という評価も、あながち見当外れというわけではないのか。


「お久しぶりです。会いたかったですよ。アベル先輩」

んん？　これは一体どういうことだろうか。

俺の姿を見るなり、金髪の少女は、やけに馴(な)れ馴(な)れしい口調で喋(しゃべ)りかけてくる。

「悪いが、お前のような後輩を持った覚えはないぞ」

素直に思ったことを伝えると、金髪の少女は、無言のまま自らの顔に手を翳(かざ)す。

次の瞬間、少女の顔は粘土のようにグニャグニャと変わっていく。

髪の色は金髪が黒色に変化して、俺にとって見知った顔が現れることになった。

「驚きましたよ。まさかアベル先輩が生きていたとは」

ふむ。その言葉、そっくりそのまま返してやりたい気分である。

まさか現代に、俺以外にも生き延びていた、二〇〇年前の、仲間がいたとは思ってもいなかった
「アヤネか」

彼女の名前はアヤネ。

二〇〇年前に俺が所属していた《宵闇の骸(カオス・レイド)》で知り合った不肖(ふしょう)の後輩である。

アヤネは優秀な黒眼の魔術師だ。

その実力は、今よりも遥(はる)かに魔術師たちのレベルが高かった二〇〇年前の時代においても、最高クラスのものであった。

所属していた組織の解散後、アヤネは、俺たち勇者パーティーのサポートを行っていた。

魔王を討伐して、世界が平和になった後、アヤネがどうなったか、どういう最期を迎えたのかは、俺は知らない。

俺が転生魔術によって、時代を超えて命を繋ぐ手段を獲得したように、この女も『なんらかの手段』によって現代まで生き長らえてきたのだろう。

「暫く見ない間に随分と雰囲気が変わったな」

「くすくす。女は幾つもの『顔』を使い分ける生物なのですよ。そこにいる化物と同じです」

どうしてアヤネがリリスに敵意を向けているのか？

その理由について想像することは難くない。

リリスは人類を窮地に追いやった最悪の魔王の血縁者だ。

生かしておけば、次代の魔王として、人類に再び牙を剝く可能性を否定できない。

実際のところ、俺以外のメンバーたちは、最後まで、リリスを生かすことに反対のスタンスを取っていたからな。

衝突するのも、致し方がないのかもしれない。

「昔の仲間のよしみだ。今すぐ敗北を認めるならば、死に方くらいは選ばせてやるぞ?」

「その要求は呑めません。先輩は悪い女に誑かされているのですよ」


悪い女に誑かされている、か。

あるいはアヤネの指摘は、的を射ているのかもしれない。

視点を変えて考えてみると、俺は魔族の女を庇って、人類に損害を与える罪人という風に捉えることもできるだろう。


「邪魔をするということでしたら、強制的に従ってもらいます」


アヤネは完全に戦う気のようだ。

仕方がない。

互いの考え方が相容れない以上、戦う以外に選択肢はないようだ。

「囀るな。お前が一度でも俺に勝てた試しがあったか?」

「先輩こそ。ワタシを以前までのワタシと思わない方が良いですよ？」

言葉を返したアヤネは、コートの下から無数の武器を取り出した。

アヤネの武器は折り紙だ。

東の国を発祥（はっしょう）とする《式神（しきがみ）魔術》を得意としている。

「式神魔術、捌（はち）ノ型《毒蜂（どくばち）》」

俺の周囲に向かってきたのは、折り紙で作られた無数の蜂の式神であった。

見たことのない魔術だ。

おそらく、アヤネはこの二〇〇年の間、新たな力を身に着けるために修業の日々に明け暮れていたのだろう。

かたや、今の俺はというと子供の体だ。

全盛期の状態と比べると、程遠いものがある。

「で、だからどうした？」

俺は迫りくる毒蜂を風の魔術で軽く撃ち落としてやることにした。

他愛(たわい)ない。

少し目先を変えたところでアヤネの魔術は、既に俺にとって知り尽くしたものなのだ。

初見のリリスを翻弄(ほんろう)することはできたようだが、俺に通用することは有り得ないだろう。

「流石(さすが)は先輩。子供の姿でも、一筋縄(ひとすじなわ)ではいかないようですね」

続けて、アヤネが使用したのは、俺が今まで見たことのない魔術式であった。

二〇〇年の時を経て、編み出した新技ということなのだろうか。

ここは大人しく見学させてもらうことにしよう。

「さて。親愛なる先輩にクイズを出しましょう」

アヤネが冗談めかした口調でそう告げると、水気を含んだ地面の下から何やらポコポコと気(き)

泡が沸き上がっていくのが分かった。

「「「誰が本物のワタシでしょうか？」」」

次の瞬間、俺の視界に飛び込んできたのは、少しだけ予想外の光景であった。
泥で作られた分身か。
その一つ一つが精巧で、単純な外見では見分けが付かないものになっている。
無数の分身たちが俺に向かって、襲い掛かってくる。

「くだらん」

俺は黒眼属性の魔術で、雨水を含んだ土から剣を作成して、アヤネの分身を一人残らず斬り伏せていく。
切断されたアヤネの肉体からは、血液の代わりに泥が噴き出していくことになった。

「答えは、全て偽物。そうだろう？」

「…………」


最初から本物のアヤネは、何処にもいなかったのだ。

出会った時からずっと違和感があった。

アヤネの体から放出される魔力はどこか人工的で、生物特有の不規則性を感じることができなかった。

分身の魔術を見てからピンときた。

最初からアヤネの『本体』は、何処にもなく、土人形だったと考えるのが妥当だろう。

「流石はアベル先輩。どうやらワタシは、先輩の力を侮っていたようですね」

地面に転がったアヤネの頭が、そんな言葉を口にする。

いや、違うな。

敵の力を侮っていたのは、俺の方だろう。

得体の知れない魔術だ。

アヤネは俺が寝ていた二〇〇年の間も、技を磨いていたのだろう。

「さよなら。先輩。また会いましょう」

去り際の言葉を残したアヤネの分身は土に変わり、姿を消していく。

ふうむ。

我ながら、厄介(やっかい)な後輩を持ってしまったものだな。

アヤネの存在は、俺の目標である『平穏な日常』を送る上での大きな障害になりそうである。

さて。

戦闘に一区切り付いたのは良いのだが、リリスの様子が気掛かりである。

人間から魔物に変わるのは簡単であるが、魔物から人間の体に戻るにはそれなりに時間がかかるものなのだ。

これに関しては時間をかけて、ゆっくりと元に戻していくしかないだろう。

「おい。リリス」

「…………」

尋ねてみるが、返事はない。

妙だな。

ダメージを受けてはいるが、口を利けないほどではないと踏んでいたのだが、気分が優れないということだろうか。

「……たく、ありません」

リリスが何事か小さな声で呟いた。

「……今はアベル様と話したくありません」

ふむ。理由は分からないが、リリスは何やら拗ねているようだな。

長い付き合いになるが、これほど弱気になっているリリスは久しぶりに見る気がする。

「幻滅しましたよね……。これがワタシの本来の姿なのです。本当のワタシは醜くて、汚らわしい……。こんな姿では、誰からも愛されるはずがない……」

なるほど。大体、話が見えてきたぞ。

どうやらリリスは、俺に魔物の姿を見られたことでショックを受けているようだな。

「くだらん。そんなこと俺が気にするとでも思ったか？　外見よりも大切なのは各々が内に宿している『本質』だろう」

完全に魔物形態に移行したリリスを見るのは初めてであったが、その姿は《黄昏の魔王》と対峙した俺からすれば想像はできるのだ。

リリスは、形を持たない不定形の魔族だ。

美醜の価値観は人それぞれだが、たしかに普通の人間から見ると恐れられそうな外見をしているかもしれない。

「嘘です。アベル様はお優しいから、そのような世迷いごとを――」

やれやれ。

柄にもなく、年端のいかない小娘のようなことを言うのだな。この女は。

「いいか。これを逃したら二〇〇年は言う気がないから、よく聞けよ」

こういう時に必要なのは、リリスを安心させられる言葉だろう。

だからこそ俺は、普段は絶対に口にしないであろう言葉をそれとなく伝えてやることにした。

「お前のことが好きだ。リリス」

「…………」

魔物に変化したリリスの感情を読み取ることはできない。

だがしかし。

今は誰からも愛されるはずがない、というコイツの言葉が嘘だったと証明することができれば十分だ。

少なくとも、ここに一人、魔族の女を好きになる物好きがいるのだから。

「はい……。ワタシもです。アベル様」


思い返してみれば、この日、『恋人のようなもの』から『恋人』に変わったのだろう。

今までの人生、俺は誰かを好きになることを意図的に避けていたのだと思う。


──誰かを信じても、裏切られるだけだ。


幼い頃から俺は、誰かを信じては裏切られ続ける日々を過ごしていたのだ。

だがしかし。

この平和な世界でならば、誰かを信じて、好きになってみるのも、悪くはないのかもしれない。

二〇〇年の時を超えて、俺を支えてくれたリリスならば、裏切られても後悔（こうかい）することはないだろう。

エピローグ

EPILOGUE

灰の王

The reincarnation magician of the inferior eyes.

一方、その頃。

時刻はアベルがアヤネと二〇〇年の時を超えて再会してから一時間ほど後のことである。

ここはアベルたちが滞在しているアメツチから、南方に五〇〇キロほど離れた場所にあるオストラ諸島である。

この島は、魔族が人間たちを支配している、数少ない地域であった。

数百年に渡り、魔族たちが統治してきたこの地域は、原住民である人間たちと魔族の間で争いが絶えることがない。

強力な魔族たちが蔓延(はびこ)る、現代において数少ない場所として知られていた。

「やれやれ。この程度の力で、魔族の王を名乗るなんて、思い上がりも甚(はなは)だしいね」

先程まで王を名乗っていた魔族の亡骸(なきがら)を踏みつけていたのは、二十代後半の一人の青年であった。

男の名前はカインといった。

二〇〇年前、《黄昏(たそがれ)の魔王》を討伐(とうばつ)した勇者パーティーである《偉大なる四賢人》に数えられる人物であった。

カインは、灰眼の魔術のエキスパートだ。

灰眼系統の魔術に限っていえば、アベルすらも凌(しの)ぐ才能を有していた。

肉体の修復、強化、果ては改造に至るまで、広範囲に効果を発揮する灰色の眼は、琥珀眼(こはくがん)を除いた五大眼の中では最強と称される眼であった。

「何故だ……。何故、人間風情(ふぜい)がこれほどの力を……！」

魔族と比べて、人間の戦闘能力が劣る理由の一つとして、与えられた寿命(じゅみょう)の短さがあった。

だがしかし。

人類における歴史の中で、初めて《不老不死》の魔術を完成させたカインは、その例に入らない。

この灰眼の青年は、《転生》の魔術を用いて蘇ったアベルとは異なる方法で、現世を生きていたのである。

「カイン様。報告にございます」

魔族の死骸を介して現れたのは、先程までアベルと戦闘を交えていたアヤネであった。
カインの魔術によって、不老不死の特殊な肉体を与えられたアヤネは、二〇〇年の時を超えて生き長らえて、カインの忠実な部下として仕えていたのだ。

「そうか……。先輩は、やはり生きていたんだね」

アヤネの報告を受けたカインの目から、一滴の涙が流れ落ちる。
カインにとって、アベルは命の恩人であり、魔術の師でもあった。
強いアベルに憧れていたのだ。
少なくとも、魔王の娘リリスが現れ、アベルを堕落させるまでは。

「……そうと分かれば、あの魔女から先輩を取り戻さないといけないね。これからは忙しくなりそうだ」


カインにとって、『強いアベル』を奪ったリリスは、到底許してはおけない存在であった。

二〇〇年前の時代も、現代でもそれは変わらない。

アベルの与り知らぬところで、今、かつての仲間たちが動き始めようとしていた。

あとがき

柑橘(かんきつ)ゆすらです。

おかげさまで5巻を出すことができました。

途中で外伝を挟んだため、本編を書くのは久しぶりになります。

5巻は『就活（?）編』と『修学旅行編』の二本立てとなっております。

作者の学生時代の思い出などを交えつつも、楽しく書かせてもらいました。

物語的には大きく進展する巻になったと思います。

今巻からは、二〇〇年前の過去ストーリーが物語の大筋に絡んでくるようになります。

過去と未来が交錯(こうさく)するオシャレな構成を目指しています。

カイン、アヤネといったキャラクターについて深く知りたいという方は、外伝である4・5巻に目を通してみてください。

劣等眼の世界を二倍楽しめるようになると思います。

【新作の宣伝】


この本の発売日と同月に劣等眼のスピンオフコミックスが発売します。

タイトルは『劣等眼の転生魔術師　～虐げられた最強の孤児が異世界で無双する～』です。

本編とはサブタイトルが微妙に違っています。

内容は小説４・５巻の内容をマンガ化したもので、アベルくんの過去ストーリーになっております。

作画を務めてくださるのは、稍日向(ややひなた)先生です。

稍日向先生とは、デビュー作品からの付き合いになっております。

一緒に仕事させて頂くのは、これで三回目になります。

どうして何度も一緒に仕事をしているのかというと、私が、稍日向先生の絵を個人的に好き過ぎて、担当編集にゴリ押ししているからです。

ライトノベルのコミカライズとしては、最高峰(さいこうほう)の作画力を持っているマンガ家さんだと思いますので、こちらもよろしくお願いします！

柑橘ゆすら

この作品の感想をお寄せください。

あて先　〒101-8050　東京都千代田区一ツ橋2-5-10
集英社　ダッシュエックス文庫編集部　気付
柑橘ゆすら先生　ミユキルリア先生

ダッシュエックス文庫

劣等眼の転生魔術師5
～虐げられた元勇者は未来の世界を余裕で生き抜く～

柑橘ゆすら

2020年9月30日　第1刷発行

★定価はカバーに表示してあります

発行者　北畠輝幸
発行所　株式会社　集英社
〒101-8050　東京都千代田区一ツ橋2-5-10
03(3230)6229(編集)
03(3230)6393(販売／書店専用) 03(3230)6080(読者係)
印刷所　株式会社美松堂／中央精版印刷株式会社

ISBN978-4-08-631382-7 C0193